悪魔さんにお願い♡7

悪魔さんのしつけ方

悪魔さんにお願い♡7

悪魔さんのしつけ方

斑《いか》鳩《るが》サハラ

11443

角川ルビー文庫

悪魔さんにお願い♡7

悪魔さんのしつけ方

CONTENTS

本文イラスト／中川勝海

1

「断固として俺《おれ》は抗議するっ！」

ダンッと一つ机を叩《たた》き、吉村拓巳《よしむらたくみ》が言った。

夏休みも半分近く過ぎた、ある日の『登校日』のことである。

「俺だけ一人のけ者にして、自分達だけ仲良くキャンプとは何事なわけ？」

吉村の鋭《するど》い瞳《ひとみ》が、グルリと周囲を睨《ね》め回す。

なまじ顔がいいだけに、そんな表情は目茶苦茶《めちゃくちゃ》迫力があって怖《こわ》い。

「野沢《のざわ》も参加するなんて、俺は聞いてなかったぞ」

はからずも、目と目がバッチリ合《あ》っちゃったりなんかした俺、野沢雅之《まさゆき》は、思わず吉村に向かい両手を合わせていた。

キャンプというのは、先日長野の山奥であった、青陵《せいりょう》学園高校全生徒会役員が一堂に会した合同キャンプのこと。

青陵学園は本校であるウチの学園の他、青陵第二から第七までと、姉妹校の数は多い。

それら全校の生徒会の親睦《しんぼく》と結束の為、毎年山奥のキャンプ場で、生徒会役員たちによる合宿があるのだ。

そのキャンプに、俺は生徒会長の小杉要《こすぎかなめ》と、副生徒会長の竹井遥《たけいはるか》と共に参加した。

ウチ以外は、生徒会長と副生徒会長の二人ずつしか参加していなかったから、書記である俺は、ちょっと肩身《かたみ》の狭《せま》い思いもしたけれど、でも、周《まわ》りの皆がいい人ばかりだったから……あっ、一部例外もいたけど、結構楽しく、有意義に過ごすことが出来た。

それだけじゃない。

なんと、俺は、その長野の山奥で、また黄桜《きざくら》に遭遇《そうぐう》してしまったのだ。

キャンプ場のオーナーが『豚《ぶた》の丸焼き』を差し入れしてくれるというので、見に行ったら、そこに、十円ハゲの子豚がいたのだ。

それが、黄桜だということはすぐにわかった。

またラファエルの怒《いか》りをかって、力を封印され、地上に堕《お》とされたのだと。

しかし……、最初が子猫で、次が子犬《こいぬ》、その次が、子豚だなんて……、なんか笑ってしまうけれど、黄桜にしてみたらいい迷惑《めいわく》に違いない。

悪魔なのに、熾天使《してんし》のラファエルに激しく気に入られてしまったばかりに、天界で不自由な日々を送らなければいけないわけだし。

　とにかく、俺はすぐに丸焼き寸前の黄桜を助けだし、その結果、楽しかったことも、辛《つら》かったことも色々あったけれど、なんとか黄桜を無事に元の姿《すがた》に戻すことが出来たのだ。

　そして、いつものように、黄桜は俺の内へと。

　そして、いつものように、それに気付いたラファエルが降臨《こうりん》して………、その後どうなったかというと。

　実は、黄桜はまだ……俺の内にいたりする。

　そして、ラファエルは、まだ遥の内に……。

　キャンプから帰ってきて、まだ二日しか経《た》っていないけれど、でもいつもなら、すぐに黄桜を捕獲《ほかく》して、また天界に連れて帰るラファエルなのに、今回は、いったいどんな考えがあるものなのか………。

　まさかとは思うけれど、黄桜が怖《おそ》れていたように、変則的4……、よっ……よん……ぴー……P……を本気で考えているとか。

じ……実は、何度か黄桜を体の内に受け入れているうちに、なんと俺と黄桜は、食欲ばかりか、快感までシンクロするようになってしまったのだ。

　俺の感じた快感を俺の内にいる黄桜も感じ、その黄桜の感じた快感を俺も感じ……というように、俺達の感じた快感はマックスまで高まってしまったわけで……。

流石《さすが》にもう、あんな目には遭いたくないと思ってしまったが、だが、しかし、そこにラファエルが目をつけないはずがなかったのである。

今度はラファエルも遥の内に入って、そして黄桜を受け入れている俺と……、なんて言われた時には、なんの冗談《じょうだん》かと思ったけれど……、やっぱり、冗談じゃ済まないとか……。

うううう、嫌《いや》だ、嫌だっ、絶対にそれだけは嫌だ。

相手は、あのラファエルだ。そのラファエルを受け入れた遥と、え……エ……エッチなことをするなんて、想像することさえ恐《おそ》ろしい………って、こんな真っ昼間の生徒会室で何を考えているんだ、俺はっ！

周りには遥の他に吉村や小杉もいるというのにっっっ。

とりあえず、4……よ……よん…ムニャムニャ……のことは忘れることにしてだっ、

「ごめん、吉村。キャンプに参加するんだったら、俺よりもお前のほうが、ずっと適任だったはずなのに」

書記である俺が参加出来たのなら、会計である吉村にだって参加資格はあったはずだ。

何より吉村は、俺なんかより、ずっと有能だし、ずっと頼りになる存在なんだから。

その吉村をさしおいて、俺なんかが参加したのだから、吉村が不愉快《ふゆかい》になるのは、当然だ。

「あのねぇ、野沢君」

わざわざ『君』付けで俺を呼び、吉村は呆《あき》れたように、俺を見ている。

「俺が言いたいのは、そういうことじゃないの」

ポフポフと吉村は俺の頭を撫《な》でた。

どうでもいいけど、並ぶと嫌でも身長差を意識してしまう。

吉村だけじゃない。俺の後ろで何故《なぜ》だか苦笑している遥も小杉も、俺より二十センチ近く背が高い。

こうしていると、男としてもコンプレックスが刺激《しげき》されるようで、なんかヤだ。

「野沢のいないキャンプなんて、参加したって意味ないだろう。一つテントの中、野沢と体を寄せ合って一夜を明かせると思えばこそ、俺だって参加したいと思うわけで、竹井や小杉とくっついて寝たって、気色《きしょく》悪いだけだろう」

「……………え〜と」

日頃《ひごろ》、何かと冗談のキツイ吉村のこと。どこまでが本気で、どこまでが冗談なのかよくわからない。

「竹井と小杉だけが、いい思いをしたなんて、激しく俺はおもしろくない」

なおもポフポフと吉村は俺の頭を撫でる。

「どうでもいいが、吉村」

遥の手が伸びてきて、吉村の手を引き剝《は》がした。

「雅之は僕《ぼく》のものなんだってこと、忘れてもらっては困りますね」

わざと見せつけるように、背後から遥は俺《おれ》の腰の辺《あた》りを抱《だ》きしめた。

「ちょっ……ちょっと、遥っ」

そりゃ、遥と俺の関係なんて、生徒会執行部《しっこうぶ》公認だけど、でも、やっぱり、人の見ている前で、流石にこれは恥《は》ずかしい。

しかし、こんなことは毎度のことなので、小杉も吉村も『またか』という感じで、天の彼方《かなた》を仰《あお》いでいる。

「とにかくだっ！」

気を取り直したのか、再び吉村はダンッと机を叩《たた》いた。

「執行部内で、このような不公平が許されていいものだろうか」

「いいんじゃない、別に」

アッサリと答えた遥に、小杉もうなずく。

役職では小杉の方が上だが、実際のところ、小杉は遥の親衛隊長のようなもの。

生徒会長の役職も、遥に押しつけられたようなもので、小杉が遥の意見に逆《さか》らうようなことは滅多《めった》にない。

「おまぁえらぁ、ねぇ――――っ！」

ワナッと拳《こぶし》を握り締《し》め、吉村は更《さら》に抗議する。

「姉妹校の生徒会と親睦する前に、ウチ内部で親睦するのが筋《すじ》だろう」

日頃はクールでシニカルな吉村なのに、珍しく熱くなっているのは何故だろう。

「つまり、吉村も野沢君とキャンプがしたいというわけですね」

フムと眼鏡《めがね》のフレームを直し、小杉は事務的に言い切った。

「わかってるじゃないの」

だったら話は早いとばかりに、吉村は小杉の肩を『ポン』と叩く。

こうして二人並んでると、つくづく対照的な二人だと思う。

いかにも優等生といった感じの、『クールビューティ小杉』と、いかにも遊んでますといった感じの、『クワセモノ吉村』。

遥の人気の陰《かげ》に隠《かく》れてはいるが、どちらの人気もかなりのもの。

ここに遥が加わると、それはもう壮観《そうかん》な光景で、我が生徒会執行部は、この三人の容姿だけでも、全校生徒から、かつてなかったほどの熱烈《ねつれつ》な支持を受けているのだ。

おまけに三人が三人とも、その容姿に見合った実力も備えているものだから……。

なんの因果《いんが》か、そこに間違って紛《まぎ》れ込んでしまった俺の立場は、激しく情けないものがある。全校生徒の皆様方だって、俺なんかが書記に指名されたのは、激しく納得《なっとく》出来ないだろうし。でも、そんなことに挫《くじ》けてはいられない。

俺が書記に指名されてしまったのは、俺自身が一番納得出来ないことだけど、でも、その能力が俺にもあるのだと遥に信頼されている以上、それに応《こた》えられるよう一生懸命頑張《いっしょうけんめいがんば》らなくてはっ！

「ということで、いいよね、野沢君」

「えっ！」

いきなり小杉に話を振られて、焦《あせ》ってしまった。

いいよねって、いったい何がいいというのか？

ついつい考え事をしてたから、だから聞き逃《のが》してしまったのだと弁解したところで、小杉相手に通用するわけもない。

返す言葉も思いつかないままフルフルと震えていれば、ニッコリ笑って遥が助けに来てくれた。

「だからね、吉村の希望を通すことにして、今度は僕ら四人の親睦《しんぼく》を深めに行こうということになったんだよ」

「えっ、そうなの？」

「そうなのって、やっぱり聞いていなかったね、野沢君」

しまった、と思った時には遅かった。

「小杉が苛《いじ》める」

「駄目《だめ》だよ、小杉。雅之が可愛《かわい》いからって、あんまり苛めたら」

「べっ、別に僕はいじめてなんかっ」

冗談のつもりだったのに、小杉はマジで焦ってる。何故だかうっすら頬《ほお》を染《そ》め、俺と遥から視線を逸《そ》らした彼に、

「お前もつくづく損な性格してるな」

と、吉村はなんだか楽しそう。

もちろん、すぐに小杉の鋭《するど》い視線で睨《にら》まれることになってしまったが。

この二人、仲がいいのか、悪いのか、実は今でもよくわからない俺だった。

「さてと。そうと決まれば、さっそく合宿の段取りだっ！」

小杉の視線にめげることなく、吉村は嬉々《きき》として、議事の進行にかかる。

流石《さすが》に発案者だけあって、熱の入り方が違う。

「俺としては、明日からでも構《かま》わないぞ」

それはちょっと早急すぎるのでは、と思ったが、次の瞬間《しゅんかん》、俺はハッと気付いた。

合宿ということは、常に周りには小杉や吉村もいるということである。

ということは、遥と二人きりになる機会も少ないわけで、当然、エ……エッチなことをされる機会も少なくなるということだ。

遥と二人きりになるのは、それはそれで嬉《うれ》しいけれど、でも、ラファエル憑《つ》きの遥は困るのだ。俺の内に黄桜がいる時は、尚更《なおさら》っっっ！

ラファエルが地上に降臨《こうりん》してから、すでに数日が過ぎている。

黄桜を捕獲《ほかく》する度《たび》、いつもさっさと天界に帰っていたことを思えば、きっと彼も忙しい身に違いない。

天使の世界のことはよくわからないが、でも、熾天使《してんし》といえば、天使の中の最高位。

バリバリにエリートってことだろうから、いつまでも地上に留《とど》まってはいられないだろう。

となれば、合宿中にラファエルが天界に帰ってしまう可能性大なわけで、怖《おそ》れていた事態から、俺が逃げられる可能性も大なわけだっ！

「賛成っ！　絶対賛成っ!!」

いきなり大きく手を挙《あ》げた俺に、遥と小杉はキョトンとなる。

「明日？」

長野の山奥から帰ってきたばかりなのは二人も一緒《いっしょ》だし、明日からまた合宿なんてのが、二人にとってもハードなスケジュールだということはわかるけれど、でも、今はそんなことに構っている余裕《よゆう》はないのだっ！

「行こう、明日から、合宿にっ！　そして皆で、枕《まくら》を並べて寝るんだっ！」

グッと拳を握り締《し》めて力説する俺に、遥はウッスラと笑みを浮かべてる。

（…………うっ）

もしかして、俺の考えてることなんて、お見通しとか思ってる？

「ちょっと急な気もするけれど、こういうのは盛り上がりも大切だと思うから、僕も明日からでも構わないよ」

遥の言葉にホッとなる。

遥が、俺の嫌《いや》がることをするとは思えないけれど、でも、本当のことを言うと、ちょっと心配だったのだ。

ラファエルが変則的４（ぴ――――）を言い出した時、ラファエルに対し、特に反論もしていなかったから、もしかしたら遥も、そういうのをしてみたいのかな……なんて疑ってた。

遥の方もラファエルを何度か体に受け入れている内、ちょっとだけだけど、性格がラファエル化してきたような気がしてたから。

でも、やっぱり遥は俺《おれ》の味方なんだ。

「遥さんが、そうおっしゃるなら、僕《ぼく》もそれで構いません」

残る小杉の賛成も取り付けて、青陵学園本校生徒会執行部《しっこうぶ》の合宿は明日からと決まった。

「となると、今度は行き先だな。野沢はどこに行きたい？」

「えっ……、俺？」

いきなり吉村に話を振られて、言葉に詰まった。あんなに、キッパリ、ハッキリ賛成しておいて、実は、そこまで考えていなかった。

「……え〜と」

考え込んだ俺に、

「一応、生徒会執行部の合宿という名目だから、この前の長野での合宿同様に、生徒会の活動費で賄《まかな》えるはずだよ」

「本当っ！」

遥の言葉に、思わずバンザイしてしまう。

「でも、あまり贅沢《ぜいたく》は出来ないよ。活動費から出すと言っても、限度ってものがあるからね」

「うんっ！」

でも、それでも嬉しいっ！

ラファエルの存在という一抹《いちまつ》の不安はあるけど、ただで旅行に行けると思えば、心も弾《はず》んでくるというものだ。

「山はこの前行ったばかりだし、合宿なのに遊園地とか歓楽街《かんらくがい》とかに行くのは、やっぱり不味《まず》いだろうし……」

ブツブツと候補地を考えていれば、

「俺は、温泉でのんびりするのがいいと思うぞ」

と、吉村。

「温泉？」

日頃《ひごろ》のスマートな言動が嘘《うそ》のような、そのジジむさい発想はいったい？

でも、夏に温泉というのも意外といいかも、なんて思ってしまうあたり、俺もすでに枯《か》れてる？

でも、なんだかんだ言っても好きだもん、温泉。しかしっ！

「賛成しちゃ駄目《だめ》だよ、雅之」

と、遥の一言。

「どうして？」

どうして温泉ではいけないのかと遥を見れば、遥は苦笑するだけ。

その遥の代わりのように、小杉はキャビネットの中の『広辞苑《こうじえん》』で、吉村の頭をゲシッと叩《たた》いた。

「容赦《ようしゃ》のない奴《やつ》め」

吉村は叩かれたところを押さえつつ小杉を涙目で睨《にら》んでる。大きいくせに、子供みたいで、なんだか可愛《かわい》い。

「下心が見え見えですよ」

『フン』とばかりに鼻で嘲《あざけ》って、小杉は『広辞苑』をキャビネットに戻した。

でも、下心っていったい？

「ちっ、読まれていたか。せっかく野沢と一緒に風呂《ふろ》に入れると思ったのに」

「えっ？」

それって、………もしかして。

前言撤回《てっかい》。吉村のこと、可愛いなんて思った俺が、馬鹿《ばか》でした。

「そんなにヌードが見たいなら、僕のヌードを見せてあげましょうか」

小杉の嫌味《いやみ》に、

「……う〜ん」

何やら、吉村は真剣《しんけん》に考え込んでいる。

「考え込むなっ、気色《きしょく》の悪いっ！」

小杉は再び、キャビネットへと走った。もちろん、『広辞苑』を手にするためだ。

「よせっ、ほんの出来心だっ！」

馬鹿になったらどうしてくれるとばかりに、吉村は頭を覆《おお》い隠《かく》す。

「俺の好みは野沢みたいに小さくて可愛くて、一本抜《ぬ》けてる奴だっ！」

どうでもいいけど、小さいとか抜けてるって、それってもしかしなくても喧嘩《けんか》売ってる？

「吉村、あのねぇっっっ」

「冗談《じょうだん》、冗談だって。それよりも、行き先だっ」

「温泉はナシですよ」

小杉がザックシと釘《くぎ》を刺す。

「そういう生徒会長の意見を、是非《ぜひ》伺《うかが》ってみようじゃないの」

「僕の？」

「そう。あなたの」

「決まっている。夏と言えば、行き先は『海』だっ！」

キッパリと言い切った小杉に、吉村は脱力したように椅子《いす》に座り込んだ。

「捻《ひね》くれているのかと思ったら、意外と単純な発想で、お兄さんビックリしちゃった」

これ以上付き合い切れないとばかりに、小杉も吉村と離れたところに腰《こし》を下ろす。

あと、意見を言ってないのは、遥だけだ。

「遥はどこに行きたい？」

「僕は、雅之のいるところならどこでも」

ニッコリと微笑《ほほえ》んだ遥に、

「はいはい、なんでも言ってなさい」

「少し部屋の中が熱いようですね」

と、吉村と小杉の二人は、手でパタパタとやっている。

俺はと言えば、嬉《うれ》しいような、恥《は》ずかしいようなで、真っ赤になってそのまま固まっていた。

結局その後、意見らしい意見の出ないまま、行き先は海ということになり、俺もそれでいいかなと、思っていたのだが、

「海なら海水浴も出来るしな」

吉村のその一言で、俺の体から、サ〜ッと血の気が引いた。

「か……海水浴は…ちょっと」

勘弁《かんべん》して下さいとばかりに、吉村と小杉に手を合わせれば、

「悪かったな」

「もう決定したものを、今更変更《いまさらへんこう》はきかないな」

やけに真面目《まじめ》くさった表情で、吉村は首を横に振る。

「決定って、まだ決定したわけじゃないじゃんっ！」

「ちゃんと水着も持ってくるように。出来たら切れ込みの鋭《するど》いやつを希望だ」

「吉村、お前ねぇっ！」

なにが切れ込みだっ！

男の水着に切れ込みもクソもないだろうっ！

「とにかく、海水浴は絶対反対！」

「もしかして、野沢ってカナヅチとか？」

「失礼なっ！」

青陵第七学園の招待を受け、紀州《きしゅう》の孤島《ことう》を訪ねた際、崖《がけ》から海に飛び込み、マリーナまで泳ぎ切った俺のことを忘れたとは言わせないっ！

そういえば、あの時、近寄ってきたイルカに、間違って脱いでしまったパンツを盗《と》られたのだった。

そして、その後吉村に、オールヌードを見られてしまったという……。

ああっ、もうっっっ、今思い出しても、情けなさに涙が出そう。

「それじゃ、何か泳ぎたくない理由《わけ》でもあるのか？」

「そ……それはその…」

「海水浴といえば、普通《ふつう》、子供は、はしゃぐもんだろう」

「子供と一緒《いっしょ》にすなっ！」

「それじゃ、水着姿に自信がないとか？」

「……なっ」

それこそ、失礼というものだろうっっっ。

そりゃ、顔だけじゃなくスタイルもいい遥や吉村や小杉なら、水着になっても格好いいだろうけど……。

俺だって、その三人の隣《となり》には、間違っても並びたくはないけれど……。

でも、それは、三人が三人とも、人並み外れた美貌《びぼう》の持ち主だからであって、俺が特別に劣《おと》っているわけじゃないっ！

「だったらどうして？」

尚《なお》も聞いてくる吉村に、俺は『ううう』と言葉に詰まる。

真夏の『海』で泳ぎたくない理由ならハッキリしてるけど、でもそれを言うのは、ちょっと恥ずかしくて……、だから、そのまま下を向いていたら、

「雅之、ちょっと」

遥に部屋の隅《すみ》へと促《うなが》された。

「何？」

言い難《にく》い話なのか、遥の表情はちょっと苦しそう。

「……………うん」

遥は瞬間《しゅんかん》考え込んで、そして言った。

「海水浴をしたくないわけは、もしかしたら………、足の傷のせい？」

「………え？」

「交通事故に遭《あ》った時の傷を、見られるのが嫌《いや》だから？　だから水着になりたくない？」

その瞳《ひとみ》は、『僕のせいだね』と物語っていた。

「ちっ、違うよ。そうじゃない」

一年ほど前のあの日、学園からの帰り道、俺は遥と交通事故に遭った。

居眠《いねむ》り運転のトラックが俺達につっこんできたのだ。

擦《す》り傷程度で済んだ遥と、………実は、その時死んでた俺（タラリ）。

一度は死んだ俺が、どうして今こうしてピンピンしていられるかといえば、それは今、俺の内にいる悪魔の黄桜と、遥の内にいる熾天使《してんし》ラファエルのお陰《かげ》。

そして何より、遥のお陰なのだ。

その時の傷が、右足にある。

踵《かかと》から太股《ふともも》まで、白く引き攣《つ》れた傷跡が、グルリと蛇《へび》のように這《は》っている……。

薄暗《うすぐら》いところなら目立たないそれも、明るい陽射《ひざ》しの下なら、すぐにわかるだろう。自分で見ても、あまり気持ちいいものじゃないから、初めて見る人は、きっとビックリするに違いない。

水着姿で、浜辺に転がってたら、ありがたくない視線を集めるのは確実だった。

でも、海水浴をしたくない理由はそんなことじゃないんだ。

足の傷だって、俺はそんなに気にしてない。

それなのに、あの時、ただ一緒にいたという理由だけで、遥はそれを負《お》い目《め》に感じている。

あの時の怪我《けが》のせいで、俺が満足に走れなくなったことや、一生消えない傷を負ったことを自分のせいみたいに思ってる。

そんなふうに思うことなどないのに。

どれだけ俺が遥に感謝しているかなんて、言葉じゃ言い表せないくらいだというのに……。

これまでだって、何度もそう言ってきたのに、でも、俺が海水浴なんかしたくないって言ったから、だから、またそんなふうに思ってしまったのだろうか。

……だったらっ！

「俺、海水浴したいっ！」

「……えっ？」

遥はビックリしたように、俺を見ている。

「俺、海で泳ぐの好きだよ。水着になるのだって、全然平気だもん。体にだって、ちゃんと自信あるもんっ！」

こうなったら自棄《やけ》だと、グッと拳《こぶし》を握り締《し》め、力説する俺に、最初は怪訝《けげん》そうだった遥も、次第に表情を和《なご》ませていった。

「でも、あんまり水着姿で、吉村や小杉の前をフラフラしてたら駄目《だめ》だよ。よくない煩悩《ぼんのう》のオカズにされてしまうからね」

「ちょっと待て、竹井！」

遥の言葉に、吉村が声を張り上げる。

「ズイブンな言われようじゃないの」

そして小杉も、

「そうですよ、遥さん！　この僕を吉村なんかと一緒にしないで下さいっ！」

「おい、こら、小杉！『なんか』とはなんだ、なんかとはっ。一遍《いっぺん》泣かされてみる？」

「返り討《う》ちだっ」

睨《にら》み合う二人の間で、バチバチと火花が散った。

仲がいいのも結構だが、

「どーでもいいけど、早く行き先決めようよ」

なんだか、さっきから、全然話が進んでない気がするんだけど。

「お、そうだった」

「海に決定でいいんですよね」

問われて俺《おれ》は大きく頷《うなず》いた。

一抹《いちまつ》の不安はあるけれど、たぶんきっと大丈夫………だと思う。

それから、俺達は机を囲み、どこの海にするか決めてから、宿泊先を探した。

どうせ行くなら、せめて三泊くらいはと希望した結果、費用の関係で設備の整ったホテルは無理になり、結局手頃《てごろ》な値段の『海の家』ということになった。

翌朝、駅で待ち合わせることにして、俺達は学園を後にした。

□□□

「今夜は夜更《よふ》かししないで、早く眠るんだよ」

家の前まで遥に送ってもらったら、別れ際にそう言われた。

「もうっ、遠足前の幼稚《ようち》園児《えんじ》じゃないんだぞ」

そりゃ、みんなと旅行出来るのは楽しみだけどさ。

もしかしたら、ちょっとは夜更かしなんかもしちゃうかもしれないけれど、でも待ち合わせに遅れない自信はあるぞ。

それに、明日は、遥が迎《むか》えに来てくれるから大丈夫。

遥の家は、ウチから歩いて二十分も離れていないところにあるので、行き来は楽だった。

青陵に入学してまもない頃《ころ》、遥と友達になり、家が近所だと知ってからは、登下校もよく一《いっ》緒《しょ》にしてた。

だから、一緒に交通事故にも遭っちゃったんだよね。

もしも、あの時、俺と遥の立場が逆だったらと思うと、今更《いまさら》ながらにゾッとする。

今の俺は、もう遥を失うことなんて考えられない。

遥がいなくなってしまったり、遥に嫌《きら》われたりしてしまったら……。

……きっと俺は。

「あ、あの……、このまま帰っちゃうの？」

明日から生徒会の合宿（という名を借りた旅行だけど）だから、もしかしたら、今日のウチに、例の４（ぴ――）を済ませてしまおうなんて、遥に……と言うよりもラファエルに言われるのではないかと、実はヒヤヒヤだったのだ。

そして俺は……。

こんなにも好きな遥に、それを求められたらきっと拒《こば》み切れないだろうって、実は心の中でちょっぴり覚悟なんかもしていたわけで……。

「言っただろう、今夜は早く休んだほうがいいって」

すでに薄暗《うすぐら》くなってきた景色の中で、遥は穏《おだ》やかに笑ってみせた。

「明日から旅行なんだから、しっかり体調を整えておかないと困るだろう」

「う……うん」

もしかしたら、遥の内ではラファエルが『何をヌルイ事をっ！』と、怒《おこ》っているかもしれない。でも、遥は……。

「……ありがとう」

なんだか胸の奥から込み上げてくるものがあって、俺はギュッと遥の手を握り締めていた。

その手を、握り返された。

「雅之が、あんまり可愛《かわい》いから、前言撤回《てっかい》して、このままウチに連れて帰りたくなってしまう」

「えっ！」

となると、当然、そのまま4（ぴ――）に雪崩《なだ》れ込みということに。

「そっ、それわっっっ！」

流石《さすが》に嫌《いや》だっ。

ちょっぴり覚悟なんかもしていたけれど、出来ることなら、避《さ》けたい、逃げたい、バックレたいことなんだからっ！

「じゃっ、あの、そぉいうことでっ、また明日っ！」

俺は遥から手を引き抜《ぬ》くと、必死でブンブン手を振って『さようなら』をした。

「仕方ないな」

微笑《ほほえ》んで、遥は俺に背を向けた。

その後ろ姿が見えなくなるまで見送ってから、俺は自宅の玄関《げんかん》へと入った。

とたんに、

『あ〜っ、よく寝《ね》た』

俺の内で、黄桜が目を覚ました。

遥＝ラファエルが傍《そば》にいるうちは、冬眠状態を決め込んでるくせに、その気配が消えたとたんに、目を覚ますなんて、ものすごい勘《かん》の良さだと、思わず感心したりして。

………しかし。


——キュルルル〜ッ！


派手な音をたて、お腹《なか》が鳴った。

黄桜が目覚めたとたんに襲《おそ》ってくる、この凄《すさ》まじい空腹感はなんなのかっっっ。

なんで空腹感と快感ばかりがシンクロするのか、今もって謎《なぞ》だけど、どっちにしても困ったことだ。

『雅之、お腹空《す》いた』

「もう？」

『だって、朝にご飯を食べたっきりで、その後、なんにも食べてないんだぞ』

「ちゃんと、お昼にパン六個食べただろう」

食べたのは俺だけど、俺の内にいる黄桜も、それを食べたことになるのだ。

『ズルイぞっ、雅之だけパンを六個も食べたなんてっ！』

「…………えっ？」

ズルイって、黄桜だって俺の内にいたはずだから、しっかり食べたはずなのに、と思ってハッとなった。

そういえば、黄桜って、ずっと寝てたんだっけ。

ということは、食事をしそびれてしまったということに……。

それは、黄桜のせいで、俺のせいではなかったけれど、

『酷《ひど》い、雅之。薄情《はくじょう》、雅之。俺達の友情はなんだったんだっ』

「わかった。わかった。すぐに何か食べるから、そんなに怒らないで」

涙ながらに訴《うった》えられて、俺は冷蔵庫へと爆走《ばくそう》した。

とりあえず、すぐに食べられそうなものを、あれやこれやと取り出して、食べ合わせもなんのその、次々口に運んでいるうち、空腹感も薄《うす》れてきた。

だがしかし、仕事から帰ってきた母上様が、スカスカになってしまった冷蔵庫の中身を見た

時、なんとおっしゃるか……。

「まっ、いっか。明日から海だし」

『海って、なんだ？』

「ああ、そうか。黄桜は寝てたから聞いてなかったんだね」

ということで、明日から三日間遥達と海に行くことを教えてあげたのだが、

『冗談《じょうだん》じゃないぞぉ——っ！』

黄桜は、突然《とつぜん》パニックに陥《おちい》った。

『ってことは、四六時中、あのクソ馬鹿《ばか》天使のラファエルに見張られてるってことじゃないかっ！　せっかく地上にいられるっていうのに、これじゃ天界にいる時と変わらない！！！』

黄桜の苦悩《くのう》はごもっとも。

「でもね、黄桜。遥だけじゃなくて、小杉や吉村も一緒《いっしょ》だし。泊まる部屋だって一緒なんだよ」

『………』

黄桜は何やら、考え込んでいる。

多分きっと、俺《おれ》が考えたことと一緒だろう。

『ま……まぁ、いいんじゃないの。どうせ、その間、俺寝てるから』

とりあえず、目先の4（ぴ―――）がなくなったことに、黄桜がホッとしているのは明らかだった。

『海水浴なんて、第七に行った時以来だな』

はたして、あれを海水浴と言っていいのか、悪いのか。

それに、暦《こよみ》の上では夏だったとはいえ、まだ梅雨《つゆ》も明けていない時季だったし、真夏の海岸で泳ぐのとは、訳《わけ》がちがうぞっ！

『雅之は泳ぎ得意だから、楽しみだろう』

「……それが、……そうでもないんだ」

『どうした？　なにか行きたくない理由《わけ》でもあるのか？』

「……実は」

　ということで、俺が夏の海で泳ぎたくない理由というのを黄桜に、こっそり話してきかせたのだが……。

『ぶっふふふふっ』

「酷いっ！　笑うことないじゃないかっ！」

『だって、そうだろう。陽焼けするのが恐《こわ》いなんてさ』

「そりゃ、俺だって情けないことだとは思うけどさ……」

だから、恥《は》ずかしくて、生徒会室では真夏の海で海水浴をしたくない理由を言えなかったのだ。

一応、中学時代は陸上部のエースだったわけだし、交通事故に遭《あ》うまでは、高校でも陸上部だったのだ。陽に焼けるのなんか茶飯事《さはんじ》で、肌だってそれなりに焼けていた。

でも、しかしっ！

真夏の海の強烈《きょうれつ》な陽射《ひざ》しは、そんなものとは比べものにならないほど厳しいものなのだっ！　砂の照り返しと、海の照り返し、そして容赦《ようしゃ》なく降《ふ》り注《そそ》ぐ直射日光。それらは、決して嫌《きら》いなものじゃない。ないけれど……。

「…………」

『どうした、雅之』

「悲惨《ひさん》な過去を思い出しただけ」

……そう。

あれは小学三年生の時。俺が真夏の海で泳いだのは、あれが最後で、そしてあの時が、一番悲惨だった。

ただフツーに泳いだだけだったのに、全身赤剥《あかむ》け状態になってしまったのである。

その痛さといったら、今思い出しても、背筋が寒くなるほどだ。

結局、その後寝込《ねこ》む羽目《はめ》に陥って、一週間くらい痛さに苦しんだ。

それまでも、家族で海水浴に行く度に、悲惨なことにはなっていたのだが、その内慣れるだろうと、タカを括《くく》っていた両親も、流石《さすが》に、あれから夏に海水浴に行こうとは言わなくなり、翌年から家族旅行の行き先は『海』から『流れるプール』に変更《へんこう》になったのだ。

だから海は嫌いじゃないし（むしろ、好き）、泳ぐことも嫌いじゃないし（むしろ、好き）、得意だとも思うけど、真夏の海で泳ぐのだけは恐かったりするのだ。

せっかくの逍遥との旅行なんだ。また赤剝け状態になって、皆に迷惑をかけたくないじゃないか。

それに赤剝けになった情けない姿《すがた》を、見られたくないし。

小学三年生のあの夏、寝込む羽目に陥った俺を看病しつつ、両親が『可哀想《かわいそう》に』と涙ぐみつつ『ぷっ』と吹き出していたことを、俺は一生忘れないっっっっ！

『雅之が海水浴を恐がるのも、なんか納得《なっとく》かも』

「だろっ、だろっ」

陽焼けを怖《おそ》れる理由を、やっとわかってもらえて、俺はブンブン頷《うなず》いた。

『じゃ、適当にチャプチャプつかって、あとはシャツでも羽織《はお》って、海岸でもブラブラしてたら』

「それもそうだね。だったら、何も心配することないか」

なんだか、急に気が軽くなって、俺はさっそく明日の準備に取りかかった。

しかし、長野から帰ってきたと思ったら、また急に合宿なんて、きっと母さんはビックリするだろう。でも『生徒会』と名がつくものなら、ウチは無条件でＯＫなのだ。

俺なんかが生徒会の役員になれたことを、実は一番納得出来ていないのは、ウチの両親だったりして。

でも、だからこそ盛大に喜んでくれて、役員として一生懸命頑張る《いっしょうけんめいがんば》るようにと、日夜励《はげ》まし続けてくれているのだ。

もしかしたら、臨時のお小遣《こづか》いとかも貰《もら》えたりして、なんて密《ひそ》かな期待を胸に抱きつつ、俺は、デイパックにパンツを詰め込んだ。

2

翌朝、俺は迎《むか》えに来てくれた遥と共に家を出た。

期待していたとおり、母上様から臨時のお小遣い一万円をいただいて、すっかり心が弾《はず》んでいる俺だった。

東京駅につくと、集合場所である『銀の鈴《すず》の広場』には、すでに小杉と吉村の姿があった。

どちらも百八十五センチを優に越す長身なので、遠目からでもすぐに見つけることが出来た。

「おはよぉ〜っ、小杉、吉村っ」

二人の元へと駆《か》けて行けば、

「なんだ、野沢か。てっきり遠足の小学生かと思ったぞ」

と、ポンポン吉村が俺の頭を撫《な》でる。

「お前ねぇっっっ！」

「だってそうだろう。半ズボンにデイパック。おまけに肩には水筒《すいとう》だっ」

「ううう っ」

流石に水筒は恥《は》ずかしかったかなと、ちょっと赤面。

でも、海に行くのだと言ったら、母さんがわざわざ用意してくれたのだ。陽焼けにはくれぐれも気をつけるようにとの忠告付きで。

「行こうっ！　もうすぐ電車の時間だろ」

本当はまだまだ余裕《よゆう》があったけれど、俺は三人を駅の改札へと促《うなが》した。

行き先は、房総《ぼうそう》半島。つまり、千葉だ。

神奈川と千葉で、かなり迷ったのだけれど、穴場を知っているという吉村の言葉を信じて、千葉を選んだのだった。

電車を待つ間、ホームにあるお弁当屋さんで、色々物色していると、

「また、駅弁六個かい？」

と、背後から小杉の声が。

この前、長野に向かう時、六個買った駅弁をみんな列車の中で食べてしまったので、かなり呆《あき》れられたのだ。

「あの時は、忙しくてお昼を食べてる暇《ひま》がなかったから、お腹《なか》が空《す》いてたのっ」

「今日はちゃんと食べてきたのかい？」

「もちろん」

「それでも、駅弁四個とは」

俺が手にしている駅弁の数々を見て、小杉はまたしても呆れた顔に……。

「まったく、君の胃袋《いぶくろ》はどうなっているのやら」

「いいのっ、俺の胃袋だもん。小杉に関係ない」

「せいぜい、腹を下さないように気をつけることだ」

嫌味《いやみ》な言葉とともに、『ピッ』と差し出された小袋《こぶくろ》は……。

「何、これ」

「胃薬だ」

「……へっ？」

まさか、わざわざ俺のために持って来てくれたとか？

あんまりありがたくないけれど、でも、小杉の好意は（……好意だよね？　嫌味じゃないよね？）嬉《うれ》しかった。

「ありがとう」

ニッコリと受け取れば、小杉はそのまま何も言わずにいなくなった。

なんだかんだ言っても、流石《さすが》生徒会長様。長野に行った時もそうだったけれど、面倒見《めんどうみ》はすごくいい人ではあるのだ。

それから、やってきた電車に乗り込んで、俺達は目的地を目指したのだった。

電車に揺《ゆ》られつつ、買い込んだ駅弁の蓋《ふた》を開ければ、体の内で今も冬眠状態の黄桜のことが気になった。

黄桜にも、この駅弁を食べさせてあげたかったけれど、眠っているんじゃ無理だ。

後で俺だけ駅弁を食べたことを知ったら、きっとまた怒《おこ》るんだろうな、と思うとついつい苦笑が込み上げてくる。

年齢《ねんれい》からいったら、俺なんか比較にならないほど年上のはずなのに（なにしろ数千歳《さい》だから）ついつい、可愛《かわい》いと思ってしまう。

この駅弁のことは、絶対、黄桜には秘密にしておこうと、固く心に誓《ちか》いつつ、俺は次なる弁当に手を伸ばした。

□□□

そして炎天下《えんてんか》の中、汗だくになって目指す宿に辿《たど》りついた俺達だったが、

「ねぇ、本当にここに泊まるの？」

そのあまりに粗末《そまつ》な有り様に、俺はアングリとなってしまった。

海岸の賑《にぎ》わいとは対照的に、外《はず》れの方にポッンと建っていた海の家は、流石に前日でも予約が取れたほど、閑散《かんさん》とした有り様で、屋根なんか今にも崩《くず》れてきそう。

周りには近代的なホテルも立ち並んでいるというのに、この一軒だけ、なんだか時代に取り残されたような感じだ。

幾《いく》ら贅沢《ぜいたく》は出来ないといっても、まさかここまでとは思わなかった。

急に陽射《ひざ》しが強くなった気がして、思わずクラリだ。

「ある意味、穴場だろう」

ニヤリと笑う吉村に、穴場は穴場でもなんか意味が違うんじゃないのっ！　とは思ったが、宿の人に申《もう》し訳《わけ》ないので、その言葉は、そっと心にしまっておいた。

「それに宿の名前がいいと思わないか？」

「……名前？」

言われて、傾《かたむ》きかけた屋根の上に載《の》っかってる、これまた傾きかけた看板を見上げれば、すっかりペンキが剝《は》げて薄《うす》くなった文字が。

「ち……、ち…と……り、じゃなくて、『ちどり』か。………えっ！」

ハッとなった俺《おれ》に、吉村はしたりと微笑《ほほえ》む。

「そう、ちどりだ。今となっては懐《なつ》かしい名前だろう」

「うん」

俺は大きく頷《うなず》いた。

『ちどり』というのは、青陵学園の側にあり、その安さと盛りの良さと美味《おい》しさから、長年ウチの生徒達から愛されていた定食屋さんだ。

もちろん、俺だって熱烈《ねつれつ》に愛していた。貧乏な学生にとっては、それはそれはありがたい店だったのだ。

昔は浜茶屋だったそうだが、海岸線の埋《う》め立てにより、いつの間にか周りは住宅街になり、ちどりは、ただの定食屋さんになってしまったのだ。

そして、いつの間に生まれたのか、我が校に連綿として語り継《つ》がれていたジンクス、『ちどりロマンス』の発祥地《はっしょうち》。

ちなみに、ちどりロマンスとは、浜茶屋だった時の名残《なご》りか、ちどりの片隅《かたすみ》で売られている土産物《みやげもの》のどれかを、好きな子に（ただし、ウチの生徒からウチの生徒へに限る）プレゼントすると、無事カップルになれる、というものである。

実は俺も、遥にそこで買った貝殻《かいがら》のペンダントをプレゼントされたのだ。

その時は、そんなジンクスがあることを知らなかったし、遥のことは、親友だと思っていたから、だから、その意味がわからなかった。

その後、なんだかんだと色々あったけれど、結局、俺と遥は結ばれることが出来たわけだから、そのジンクス、流石に長年語り継がれるだけのことはあったということか。

でも、長年青陵の生徒達から愛されていたちどりも、この夏を待たずして取り壊《こわ》されてしまった……。

当然、その後『ちどりロマンス』が生まれることもなくなってしまったわけで……。

ちどりがなくなってしまった後の空き地を見て、なんだかすごく寂《さび》しい気持ちになったことは今もはっきり覚えてる。

そんなふうに感じた生徒は、きっと俺ばかりではなかったはずだ。

ただの定食屋というだけでなく、『ちどり』は、青陵の生徒にとっては、大切な場所だったのだから。

「そうかぁ、ちどりかぁ……」

なんだか急に愛着が湧《わ》いてきて、俺はシミジミと、第二のちどりを眺《なが》め回した。

でも、やっぱり、ボロはボロだ(涙)。

でも、でも、外見はボロでも、中はそれなりってこともあるしっっっ。

「さぁ、入ろうぜ」

吉村に促《うなが》され、ちどりの中へと入れば、

「まぁ、まぁ、遠いところ、ようこそおいで下さいましたなぁ」

奥の方から出てきたのは、この宿同様に、随分《ずいぶん》と年季の入ったお婆《ばあ》さん。

シワシワの中に、細い目が埋もれかかっているけど、でも、その瞳《ひとみ》の輝《かがや》きはとっても優しく、温かいものだった。

こんなお年寄りが、頑張《がんば》ってこの宿を切り盛りしているのかと思えば、文句なんか言ったら罰《ばち》があたるというもので、

「お世話になります」

ボロ家だと思ってしまったお詫《わ》びも込めて、俺は深々頭を下げた。

それから、宿泊する部屋へと案内してもらった俺達だったが、

――――パタン

と、部屋の扉《とびら》を閉めて、お婆さんが出て行ったあと、

「うそぉ〰〰〰っ」

俺は再び情けない声を上げることに。

だって、だって、この暑さだというのに、エアコンがないのだ。

部屋の中には、ポツンと旧型の扇風機《せんぷうき》が置かれているだけ……。

い……今時、エアコンのない宿があったなんて、俺ってば、激しく世間を甘《あま》く見てた？

「なかなか風流でいいじゃないか」

ペッタリと畳《たたみ》の上に座り込んだ俺を見て、吉村はククッと笑っている。

「確かに、最近では滅多《めった》に出来ない体験ではありますね」

小杉もそれなりに楽しんでるみたいだし。

遥はどうなのだろうと、振り向けば、

「僕《ぼく》は雅之さえいれば、あとはどうでも構《かま》わない」

「……うっ」

もうっ、ただでさえ暑いのに、これ以上、俺を暑くさせて、どうしてくれるんだよっっっ！

「扇風機、とにかく扇風機だっ！」

せめてもの慰《なぐさ》めにと、畳の上の扇風機のスイッチを入れれば、ソヨソヨと、何やら生暖かい風が……。

「…………」

扇風機が悪いわけじゃないってわかってる。

気温が猛烈《もうれつ》に高いから、せっかくの風も生暖かくなってしまうんだって。

でも、しかし、

「馬鹿《ばか》、馬鹿、扇風機さんの意気地無《いくじな》しっ！」

思わず、扇風機にすがりついてしまった俺だった。

「とりあえず、皆で海に出るか」

「……えっ！」

吉村の言葉にギクリとなる。

「夕方になれば涼《すず》しくなるだろうし。それまで海で泳いでいれば問題ないだろう」

それはそれで、激しく問題ありだっ！

しかし、部屋は蒸し風呂《むぶろ》状態。目の前には、広々とした大洋。

この汗ばんだ体で、あの海に飛び込んだら、きっと気持ちいいだろう。

陽射しは強いけど、海水はヒンヤリと体を包んでくれるわけだし……。

駄目《だめ》だ、駄目だと思いながらも、心はどんどん目の前の誘惑《ゆうわく》に魅《ひ》きつけられる。

どうせ、元々、みんなに合わせて、ちょっとくらいは海につかる気ではいたのだし……。

「よし、行こうっ！」

そうと決まれば早速と、俺はデイパックから水着を取り出した。

すると、

「……ふ〜ん」

「……ほぉ」

「……ふふふっ」

と、吉村、小杉、遥の声が。

何事かと振り返れば、三人が三人とも、俺の取り出した水着に注目している。

「なっ、なんだよ。その意味深《いみしん》な目はっ」

何故《なぜ》だか急に恥《は》ずかしくなって、俺は水着を後ろに隠《かく》した。

「いや、別に。ただ、わりと普通の水着だな、と」

「切れ込みの激しくない奴《やつ》で悪かったね」

昨日の冗談《じょうだん》に、皮肉たっぷりに切り返せば、吉村の奴の言うことには、

「野沢のことだからさ、なんとなくスクール水着を想像してたんだけど。似合《にあ》いそうじゃん、そういうの」

「……スクール水着って」

あの小学生御用達《ごようたし》の、紺《こん》色のやつ？

「そう、それで、でっかく『まさゆき』って、名札が縫《ぬ》いつけてあるんだ」

「吉村、お前ねぇっっっ！」

どこまでも続く不当な子供扱いに、流石《さすが》に温厚な俺様だって、いい加減切れちゃうぞっ。

こうなったら、深夜寝惚《ねぼ》けた振りをして、二、三発膝蹴《ひざげ》り入れちゃおうかな……なんて（あうっ、俺ってば、なんて姑息《こそく》なことをっ）。

「僕らは下の更衣室《こういしつ》を使うから。雅之は、この部屋で着替えるといい。下で待っているから、着替え終わったら、下りておいで」

「一緒《いっしょ》にここで、着替えればいいじゃないか」

せっかく部屋があるのだし、と遥を見れば、

「着替えを覗《のぞ》かれてもいいなら、そうしてもいいけれど」

「………うっ」

流石にそれは嫌《いや》かも。

「ということで、吉村、小杉。下に行くよ」

「ったく、相変わらずガードがキツイんだから。そんなに野沢が大切か」

「もちろん」

「訊《き》いた俺が馬鹿だった」

キッパリと答えた遥に、『お手上げ』をする吉村だった。

それから俺以外の三人は、それぞれに荷物を手にして、部屋から出て行った。

一人になった部屋の中、

――ドキドキドキドキ

思い出したように、心臓の鼓動《こどう》が早くなってくる。

「……『もちろん』だって」

遥の言葉が、ジンワリと心に沁《し》みてきて、知らず口元が緩《ゆる》んでくる。

本当に、俺って、こんなに幸せでいいのかな。

「ねぇ、黄桜」

俺は、俺に向かって問いかける。だけど、まだ眠っているらしい黄桜からの返事はなかった。

「さてと、とりあえずは、目先の海だっ！」

遥達を待たせるのも申《もう》し訳《わけ》ないので、俺は、そそくさと水着に着替え、素肌の上にパイル素材のパーカーを引っかけた。

そして、忘れてはいけない、陽焼け止めクリーム。

家を出る際、母さんが、くれぐれも気をつけるようにと、持たせてくれたのだ。

気休めという気もしないことはないけれど、でも、これさえ、しっかり塗《ぬ》っておけば、小学三年生の時みたいに悲惨《ひさん》なことにはならない……はずだ。

「あとは、ジュースを買う小銭と、それとタオルと、ビニールシートと、あっ、水筒《すいとう》、水筒っ」

水筒の中は、氷たっぷりの麦茶。

ジュースもいいけれど、やっぱり夏にはこれは欠かせない。

母上様の愛情に感謝しつつ、俺は部屋を後にした。


急いだつもりだったのに、下りた時には、もう三人とも着替えをすませ俺を待っていた。

「…………うっ」

三人の水着姿に、思わず絶句。

遥が見掛《みか》け以上に逞《たくま》しいのは、もう何度となくその裸《はだか》を目にしていた俺だから知ってたけど、吉村や小杉まで、着痩《きや》せして見えるタチだったなんて。

広い肩《かた》に、逞しい胸板。腹《はら》は見事に引き締《し》まってるし、その足の長さはなんなのかっ！

「どうした、野沢。俺の体に見惚《みと》れたかっ」

『ふっ……』と気障《きざ》に笑ってみせた吉村の胸に、思わずパーンチッ！

「なんで俺が男の体になんかに見惚れなきゃならないんだっっっ」

「残念。体には自信があったんだけどな。もちろん、アソコも込みで」

「……お前って」

まったく、ホントに、どうして吉村の冗談《じょうだん》は、こういつもいつも容赦《ようしゃ》がないのか。

それに、そのエッチくさい水着はいったい……。まるで股間《こかん》の形を強調するかのように、小さくてピッタリとして……。

別に見るつもりなんてなかったのに、ついつい吉村の水着に見入ってしまった俺に、

「なんだったら、俺のスゴイ中身も見る？」

と、吉村はピッタリとした水着の前を『どうぞ』とばかりに引っ張って見せた。

「わぁ～～～～～っ！」

そんなモノ、誰《だれ》が見たいかっ！

「遠慮《えんりょ》しなくていいのに」

「いいですっ、間に合ってますっ!!」

すごいモノなら、遥のモノで十分だ……って、何考えてるんだ。馬鹿《ばか》、馬鹿、俺の馬鹿

っ！

「野沢もそんな邪魔《じゃま》なパーカーなんか、脱いじゃえば？」

吉村の手がいきなり俺のパーカーに掛かった。

「いいっ、まだいいんだっ！」

俺は慌《あわ》てて前をキッチリ合わせ、吉村の手から逃げた。

赤剥《あかむ》けになるのが恐《こわ》い俺としては、この炎天下《えんてんか》に長時間素肌を晒《さら》すわけにはいかないのだっ。

だから、無闇《むやみ》にパーカーを脱いだりしたくないのっ。

「ケチッ」

「ケチッってなんだよ、ケチッって」

「それじゃ、水着姿を見られるのが恥《は》ずかしいとか」

「っなわけないだろうっ！」

男同士で恥ずかしいもクソもない。でも、男同士とはいえ、エッチな視線で見られるのは、流石《さすが》に嫌《いや》かも。

「ほらほら、二人だけで遊んでないで、荷物を運ぶの手伝いなさいね」

遥の言葉に振り向けば、遥と小杉は宿の貸し出し用パラソルやビーチチェアなどを手に持っている。それを砂浜まで運ぶらしい。俺も慌ててその一つを手に取った。

砂浜まで運ぶと言っても、ここもすでに砂浜だから、荷物を運ぶのは超簡単。適当な場所にテーブルを置き、パラソルを立てる。その周《まわ》りに、リクライニング付きのビーチチェアを並べれば、心は一気にリゾート気分。

「飲み物を買ってくるけれど、雅之は何がいい。何でも好きなもの奢《おご》ってあげるよ」

「ホントッ？」

いつもながらに優しい遥の言葉に、思わずバンザイしてしまう。

とりあえず、麦茶があるので、ソフトクリームをお願いすれば、

「野沢だけなんてズル〜イ」

と吉村の不満そうな声。

「大丈夫。ちゃんと吉村と小杉の分も買ってくるから」

苦笑して、遥は売店の方へと駆《か》けて行った。

遥の帰りを待つ間に、さっさと済ませてしまおうと、日焼け止めクリームのチューブを片手にビーチチェアに腰掛《こしか》ければ、

「俺が塗《ぬ》ってやるよ」

「あっ！」

持っていたチューブを、吉村に奪い取られてしまった。

「いいよ、自分で塗れるから」

「背中までは塗れないだろう」

「……う～ん」

塗って塗れないことはなさそうだけど、かなり見苦しい格好になることは間違いない。

「だから、お兄さんに任せておきなさいね」

ニヤリと笑った吉村の後ろで、

「任せられないね」

と、冷ややかな瞳《ひとみ》の小杉が。そしてチューブは吉村の手から小杉の手へと。

「クリームなら、僕《ぼく》が塗ってあげるよ、野沢君」

「小杉、お前ねぇ」

「下心が見え見えなんだよ、吉村」

「だからって、お前がそれを言う」

つっこまれて、小杉は微《かす》かに頬《ほお》を染《そ》めた。

「とにかく、遥さんのいない間に、お前に美味《おい》しい思いをさせるわけにはいかない」

「で、自分がその美味しい思いをしようという」

「さぁ、なんのことかな」

「………むっつりスケベ」

ボソッと漏《も》らした吉村に、ピキッと小杉の額に血管が浮かぶ。

何がなんだかわからないでいる俺《おれ》を一人取り残し、またしても、二人の間にバチバチと火花が……。

「一遍《いっぺん》、海に沈《しず》めてあげようか、吉村」

「望むところだ」

「あ……あのぉ……」

どうでもいいけど、俺、早く日焼け止めを塗ってしまいたいんですけど。

パーカーを着込んでいるとはいえ、真上から照りつける陽射しは、かなりキツイものがある。

やっぱり自分で塗った方が良さそうだと、小杉の手からチューブを取り戻したところに、飲み物の入ったビニール袋《ぶくろ》と、ソフトクリームを手にした遥が戻ってきた。

「どうしたんだい、二人とも険悪な雰囲気《ふんいき》で」

「な……なんでもありません」

「そう、なんでもない」

二人はわざとらしい笑みを浮かべると、遥の手からビニール袋を受け取り、次々中身をテーブルの上に並べていく。

「流石竹井様、わかっていらっしゃる」

並んだものは、缶《かん》ビールに、缶ビールに、缶ビールに、缶ビールに、缶ビールに、そして……缶ビール。

「ちょっ、ちょっとっ」

流石に、こんな真っ昼間に、こんな健全な場所で、ビールは不味《まず》いのではっ！

それに、アルコールを飲んで海に入っちゃいけないんだぞ。もしも溺《おぼ》れたりしたらどうするんだっ。

「この位なら全然平気だろ」

「水代わりのようなものですよ」

吉村ばかりか小杉まででっっっ。

俺の心配をよそに、吉村と小杉は、それぞれに缶ビールを手にするや、プシッとプルを引き抜《ぬ》いて、ビーチチェアでゴクゴクと。

「はぁ〜っ、干からびてた体がやっと潤《うるお》った感じ」

「やはり、海水浴にビールは、必需品《ひつじゆひん》でしょう」

………いいけどね、別に。

そういえば、第七学園に向かうフェリーの中でも、四人で二十本近い缶ビールを空けたけど、俺以外は、全然平気だったんだよね。

あの時は五百ミリリットル缶で、今は三百五十ミリリットル缶だから、確かにこの程度なら、二人にとってはほんのお湿《しめ》り程度なのかも。もちろん、遥にとっても。

それにこの三人なら、堂々とビールを飲んでいても、補導されることもないだろう。だって、高校生に見えないんだもんっっっ。

補導されるとしたら………俺だけかいっっっ（泣）。

「雅之も早くソフトクリームを食べないと溶《と》けちゃうよ」

ハイと手渡されたソフトクリームは、この暑さで、もう溶けかかっている。

「いっ、いただきま〜すっ」

俺は慌《あわ》てて、溶けて流れ落ちてくるクリームをペロリと嘗《な》め上げた。

「美味しい？」

「もちろんっ！」

コックリと頷《うなず》けば、遥は優しそうに微笑《ほほえ》んだ。

「日焼け止めを塗ろうとしていたの？」

「あっ、そういえばそうだった」

ソフトクリームに気を取られて、すっかり忘れていた。

「貸してごらん。僕が塗《ぬ》ってあげるから」

「うんっ」

ソフトクリームを持っていたのでは、どうせ自分じゃ塗れないしで、俺はありがたく遥にチューブを差し出した。

すると、

「これを世に人は、『漁夫《ぎよふ》の利』とも、『美味しいとこ取り』とも言うのである」

と、吉村。

「どうやら僕は、いいタイミングで間に合ったらしいね」

「何に？」

「いいんだよ。それはこっちの話だから。はい、パーカー脱いで」

片手が使えない俺の代わりに、遥が俺からパーカーを剝《は》いでいく。

でも……、こういうのって、なんだかちょっと恥《は》ずかしい。

それから遥は、俺の座ってるビーチチェアの背を限界まで倒した。

「俯《うつぶ》せになってごらん」

「………うん」

なんだかどんどん恥ずかしくなってきて、今更《いまさら》ながらに遥に日焼け止めのチューブを手渡したことを後悔《こうかい》してしまう。

俺《おれ》は恥ずかしさを誤魔化《ごまか》すように、意識の全《すべ》てをソフトクリームに向けた。

しかしっ！

「……あっ」

クリームをともなった遥の手が首筋《くびすじ》に触《ふ》れたとたん、思わず俺は声を漏らしていた。

「なっ、なんかくすぐったい」

「我慢《がまん》して」

「でもっ」

遥の手は、首筋と言わず、肩《かた》と言わず、背ばかりか、腋《わき》の下にまで潜《もぐ》り込んでくる。

「そっ……そこ、駄目《だめ》、くすぐったいっ」

腋の下くらい、自分でも塗れるのにっ、と涙ながらに遥を睨《にら》めば、

「ああ、ごめんごめん。もうしないから、もう少しジッとしてて」

遥の手は、再び背に移った。

その間にも、俺の手の中のソフトクリームはどんどん溶けてきて、必死で嘗めているにもかかわらず、嘗め切れなかったそれが、指を濡《ぬ》らしていく。

ああっ、もうっ、こんなことならソフトクリームなんてねだるんじゃなかったと、また新た

な後悔をしていれば、なにやら、体にまとわりつくような妖《あや》しい視線が……。

「ん〰〰、これはまたこれで中々楽しい光景ではある」

吉村と、小杉がジ――――ッと、こっちを見ていた。

小杉はともかく吉村の視線は、絶対ヨコシマが混じっている。

陽焼け止めクリームを塗ってもらっている俺を見て、いったい何が楽しいのやら。

ちくしょぉっ、俺は全然楽しくなんかないぞぉ――――っ！

「指を濡らす、白い雫《しずく》というのが、また猥褻《わいせつ》な感じで」

「吉村、お前ねぇっっっ」

いったいどんな腐《くさ》ったことを考えているのか、ちょっとそれは想像したくはない。

吉村の視線なんて、無視、無視、無視だっ！　と必死に自分に言い聞かせ、俺は再びソフトクリームを嘗めることに集中したが、

「野沢は、舌まで可愛《かわい》いんだな。ほんと、どこもかしこも小さくてピンク色ってな」

「吉村ぁ――――っ！」

どこもかしこも小さくてって、どういう意味だっ！

いつぞや、オールヌードを見られているだけに、その言葉はザックシと心に突《つ》き刺《さ》さるものがある。

流石《さすが》に、もうガマンできなくて、俺は起き上がろうとしたが、

「あっ！」

遥の手が、水着の中に潜り込んできて、俺はそのまま固まった。

「は……はっ、遥っ」

いったい何をっっっ！　と訴《うった》えれば、

「日焼け止めクリームを塗っているだけだよ」

と、ニッコリ返された。

確かに遥の手は、それ以上奥には入ってこなかったが、流石に公衆の面前で、これは恥ずかしい。

「もっ……、もういいよ。後は自分で塗るから」

俺は遥の手からチューブを引《ひ》ったくり、塗り残しの前面部分に、大急ぎで日焼け止めを塗りつけた。

心臓なんかドキドキで、顔なんか多分真っ赤だ。

「俺っ、泳いでくるっ！」

これ以上ここにいたら、きっとまた吉村にからかわれると、俺は残りのソフトクリームを無理矢理《むりやり》口に押し込み、海に向かい駆《か》け出した。

「あっ、こらっ、雅之。そんなにいきなり、海に入ったら」

焦《あせ》ったような遥の声が、背後から聞こえたが、今はそんなものに構《かま》ってられない。

吉村や小杉ばかりでなく、遥にまで、こんな状態の『俺』を見られるくらいなら、心臓麻痺《まひ》にでもなった方がマシだっ。

だって、だってっっっ！

とっても情けないことに、ドキッとなった時、同時に快感も感じてしまったのだ（泣）。

日焼け止めを塗ってもらってる間も、遥の滑《なめ》らかな手が滑《すべ》るたび、その感触《かんしょく》が気持ちよくて、実はドキドキしてた。

それなのに、いきなり水着の中に手なんか入れてくるから、だから……だから勃《た》っちゃいそうになったんだよっっ！

――馬鹿《ばか》、馬鹿っ、遥の馬鹿ぁ――っ！――

心の叫《さけ》びそのままに、俺はザンブと押し寄せて来た波に飛び込んだ。

「うっっっひゃぁ～～～～～っ！！！」

メチャクチャ冷たいじゃんっ！

しかし、そんなことにも構ってはいられない。尚《なお》もザブザブと波をかき分け、俺は海の中へと進んでいった。

ようやく肩までつかったあたり、『フゥ〜ッ』と大きく息を継《つ》ぐ。

その頃《ころ》には、海の水も、もう冷たいとは感じなくなっていた。

火照《ほて》った体に、海の感触は気持ちいい。

このまま海につかっていれば、そのうち体の方も冷えてくれるだろう。

どうか早く、このドキドキがなくなりますようにと祈《いの》りつつ、俺はパチャパチャ泳ぎ始めた。

すると、

「雅之――――っ」

なんと遥が、こちらに向かって泳いでくる。

「駄目っ、駄目っ、こっちに来ちゃ駄目ぇ――――っ！」

しかし俺の叫びはアッサリ無視され、

「大丈夫かい、雅之っ！」

近づいて来た遥の手が、逃げようとする俺の腕を掴《つか》んだ。

とたんに、またドキンと心臓が跳《は》ね上がって、体を鎮めるなんて、冗談《じょうだん》じゃないって感じ。

「大丈夫っ、大丈夫だからっ！」

「ごめんよ、まさかあんなに恥《は》ずかしがるとも思わなかったから」

それが、水着の中に手を入れてきたことだとすぐにわかった。

「でも、日焼け止めを塗るなら、普通《ふつう》あのくらいまでは塗るだろう。泳いでいるうち水着もずれるし」

言われてみれば、確かにその通りで、俺が意識しすぎていたのかもしれないが、でもやっぱり、恥ずかしかったものは仕方がない。

「一緒《いっしょ》に泳ごうか」

「……ええっ！」

「何か問題でも？」

問題なら山程《やまほど》あるけど、そんなこと言えるわけがない。

今も遥に摑まれているところから、ジワジワと快感が湧《わ》いてきて、体中に広がっていく感じがする。このまま遥と一緒にいたら、体は益々《ますます》困ったことになりそうで……。

「あっ、あの、俺……俺っ…」

なんとか上手《うま》い言い訳《わけ》はと、焦っていると、

「お～い、野沢っ！」

今度は吉村と小杉が、ザブザブとこっちに泳いできた。

「駄目だよ、二人だけで世界創《つく》ってちゃ。俺達《おれたち》も混ぜなさい」

いつもなら思わず嚙《か》みついているところだが、今は吉村の茶々入《ちゃちゃい》れがありがたい。

勝手に混ざってきた吉村達のおかげで、それからは遥と必要以上に接近することにはならなかったけれど、それでも時々体が触《ふ》れ合うことがあって、その度《たび》ドキドキしてしまった俺は、中々海から出られる状態にはなれなかった。

おかげで、ほんのちょっと海につかって涼《すず》むだけのつもりだったのが、しっかり、たっぷり、泳いでしまい、気がつけば、体のアチコチがピリピリと痛んでいた。

このまま泳いでいたら、悲惨《ひさん》な事態になること確実だ。

体の内に燻《くすぶ》っていた熱は、大分納まってはいたが、それでも、完璧《かんぺき》に消えたわけじゃない。

せっかく日焼け止めクリームまで塗《ぬ》ったのに、そのせいで海から出るに出られなくなってしまったのでは、なんのために塗ったのかわかりはしないっての。

「どうした、野沢、泣きそうな顔して」

泳ぐ手足がパッタリ止まってしまった俺を不審《ふしん》に思ってか、吉村が近づいて来た。

そして、小杉と遥まで。

「首のとこ赤くなってる」

スーッと遥の指が俺の首筋《くびすじ》をなぞった。

思わずビクッと震《ふる》えた俺に、

「痛いの？」

と、遥の心配そうな声。

痛いことは痛かったけれど、震えてしまったのは……痛かったからじゃない。

「う……うん。ちょっと」

「無理しないで、もう海から出た方がいい」

「う……うん」

流石《さすが》に全身赤剝《あかむ》け状態になりたくなかった俺は、その言葉に従うことにした。

「じゃ、俺、お先に。みんなはゆっくり泳いでて」

一人で海から出る分には、きっと俺がどんな状態かなんて気づかれることはないだろう。

そしてパーカーを引っかけて、急いで部屋に逃げ込めば、遥達が戻ってくるころには、きっと平静を取り戻せる。

そう考えて、俺は、岸を目指して泳ぎ出したのだが、

「えっ、嘘《うそ》っ、なんで遥までっっ？」

泳ぐ俺の後ろから、なんと遥までやってきたのだ。

「一応、手当したほうがいいと思って」

「……そんなぁ」

しかし、これまた後悔《こうかい》しても今更《いまさら》で、俺は遥に急《せ》かされるまま、泣く泣く岸を目指した。

前屈《まえかが》みになりつつ岸にあがり、遥の視線を避《さ》けつつ、急いでパーカーを着込んだ。

そして自分の荷物を手に、宿のシャワールームで体を洗い流し、濡《ぬ》れた体にバスタオルを巻き付けて、部屋へと戻った。

「とりあえず着替えようか。濡れた水着のままウロウロするわけにはいかないからね」

「う……うん」

でも、それって、遥の前で着替えるってこと？

吉村達が一緒の時は、遥もいなくなってくれたけれど、今度はそうはいかない。

そりゃ、裸《はだか》なんて、もう何度も見られているけれど、やっぱりそれはそれで恥ずかしくて、もたもたしてたら、

「ちょっ、ちょっと、遥っ！」

遥の手が俺からバスタオルを剝《は》がし、そして水着を引き下ろしたのだっ！

あれほど知られたくなかった体の変化を（ちょっとだけだけどっ）遥に見られて、恥ずかしさに、頭の中は真っ白で、体は硬直《こうちょく》状態。

「雅之のここ、可愛《かわい》くなってる」

いい子、いい子をするように、遥の手が俺のアソコを二、三度撫《な》でる。

俺はやっぱり硬直状態で、何も言えないまま、ただパクパクしてた。

「でも、今は雅之の手当が先だから」

残念そうに遥は手を離すと、俺のデイパックから適当に下着を取り出し、今度はそれを俺に
……。

多分それは、ものすご～く親切な行為というものだったのだろうが、しかしっ！

……遥って、

………遥って、

………遥って、
こんなに強引な性格してたっけ？

相変わらず硬直している俺の前で、遥の方もそそくさと着替えを済ませ、そして、

「陽焼けに効《き》く、いい薬がないか、宿の人に聞いてくるから、おとなしく待ってるんだよ」

と、ニッコリ微笑《ほほえ》んで、部屋を出ていった。

あとに残された俺はといえば、

「わぁ～～～～～んっ！！！」

再び嵐《あらし》のように襲《おそ》ってきた恥ずかしさに、そのまま畳《たたみ》にヘタリこんでいた。

そのまま畳の上で泣き伏すことおよそ五分。

「大丈夫かい、雅之」

小さな缶《かん》を手にした遥が戻ってきた。

「泣くほど痛むのかい」

俺の隣《となり》に跪《ひざまず》き、気の毒そうに、遥が俺の背を撫でる。

「…………」

痛いことは痛いけれど、でも、それで泣いてたわけじゃない。

そりゃぁ、遥に命を助けてもらったと知った時から、俺は遥のものになったのだと思っていたけれど、でも、いきなり海水パンツをズリ下げることないじゃないかっ。

もしかして、それってラファエルのせい？

ラファエルが遥の内にいるから、だから、ラファエルの影響《えいきょう》を受けてる？

俺が俺の内にいる黄桜と感覚がシンクロするようになったのと同様に、遥もラファエルと通じる何かが生まれたとか……。

それって……かなり危ないかも。

「可哀想《かわいそう》に。首筋だけじゃなく、肩《かた》も背中も真っ赤になってる」

背に触れる遥の手はひんやりとして気持ちいい。だけど、気持ちいいだけじゃ済まないこともあるわけで……。

「待ってて、今蒲団《ふとん》を敷《し》くから」

「ふっ……蒲団っ！」

こんな真っ昼間から、なんて大胆《だいたん》なっっっ。

ズリズリと畳の上を這《は》って逃げようとした俺に、

「勘違《かんちが》いしないの。畳の上に横になったんじゃ痛いだろうと思ったから、だから、蒲団を敷いてあげようと思っただけだよ」

「……あっ……」

俺ってば、いったい……。吉村が際《きわ》どい冗談《じょうだん》ばっかり言ってたから、だから必要以上に、遥のこと意識してるのかな。

「さぁ、横になって」

綺麗《きれい》に敷かれた蒲団の上に、俺はゆっくりと俯《うつぶ》せに横たわった。陽焼けしたところの痛みは益々《ますます》強くなってきたようだ。

「……可哀想に」

少しでも冷やした方がいいという気遣《きづか》いゆえか、扇風機《せんぷうき》の風をこちらに向けると、遥は再び俺の背を撫でる。

「雅之が敏感《びんかん》なのは知っていたけれど、まさか皮膚《ひふ》まで、こんなに敏感だったなんて」

「……ば……馬鹿」

「こんなことになるとわかっていたら、海になんか来なければよかった」

「……ごめん。迷惑《めいわく》かけて」

「迷惑だなんて思っていない」

「でも俺、なんとなく、こんなことになりそうな予感がしてたのに、それなのに……」

「もしかして、雅之が海水浴をしたくなかったのは、このせい？」

「……うん。海も太陽も泳ぐのも好きなんだけど、でも、真夏の海水浴だけは駄目《だめ》みたいで……。でも、もう大丈夫だろうって思ったんだ。最後に海水浴したの、小学校三年生の時だったから。日焼け止め塗《ぬ》っておけば、少しくらいなら泳いでも平気かなって。でも甘《あま》かったみたいで……。だから、ごめんなさいっ」

俯せたまま掌《てのひら》を合わせれば、その手が遥に握り締《し》められた。

「よかった」

「……えっ？」

「合宿の行き先を海にしようって言った時、雅之はあまり乗り気じゃなさそうだったから、だから……」

「……遥？」

「あの時は否定されたけれど、それでもやっぱり雅之が泳ぎたくないのは、足の傷のせいだと思っていた。あの事故で、僕《ぼく》が雅之を守ることが出来なかったから、だから……」

「あの事故は遥のせいじゃないっ」

「それでも僕は……雅之を守りたかった」

「遥は、ちゃんと俺《おれ》を守ってくれたじゃないか。俺が、今こうして生きていられるのは、みんな遥のお陰《かげ》なのに」

それを思えば、この足の傷は、俺にとっては誇《ほこ》らしいものなのだ。

……でも。

「俺は傷のことなんかなんとも思ってないけど、でも遥は……嫌《いや》なのか？　こんな傷がある俺じゃ気持ち悪い？」

「怒《おこ》るよ、雅之！」

その声のあまりの激しさに、遥が本当に怒っているのが伝わってきて、思わずビクッとなった。

「そんなこと、僕が思うはずないのに」

「ご……ごめん。ごめんなさい」

「雅之の全《すべ》てが愛《いと》しくてしかたがないのに」

「……あっ」

遥の唇《くちびる》が、そっと足首に触《ふ》れた。

「この傷だって、愛しくてしかたがない……」

唇は、足の傷に沿うように、徐々《じょじょ》に上へと這《は》い上がってくる。

「……は……遥……」

……駄目だよ。

そんなことされたら。

……俺。

……俺、おかしくなる！

「手当っ！　手当してくれるんじゃなかったのかっ！」

俺は焦《あせ》って叫《さけ》んでいた。

「ああ、ごめん、ごめん。そうだったね」

遥はクスクスと笑いながら、俺の上から身を起こした。

「本当はね、嬉《うれ》しいんだ。雅之が海水浴をしたくなかったわけが、ただの陽焼けのせいだったってわかって」

「ただの陽焼けじゃないもんっ！」

「ああ、ごめん、ごめん。雅之はこんなに痛がっているのに、笑ったりして」

遥は手にしていた薬の缶をキュッと開け、中の軟膏《なんこう》を指にすくい取った。

「げ〜っ、何、その色」

なんと、その薬は腐《くさ》ったような緑色。はたして、そんなものが陽焼けに効くのかっっっ。

「宿のお婆《ばあ》さんが出してくれたんだよ。火傷《やけど》の特効薬で、陽焼けにもよく効くんだって」

「……お婆さんが？」

それなら心配いらないか。

「さぁ、塗るからジッとしてて」

日焼け止めを塗ってもらった時同様に、遥の手が俺の背を這う。痛くないようにと、気遣ってくれているのか、あの時よりも、ずっと優しく……、優しく……。まるで、俺の体の内の疼《うず》きを、わざと煽《あお》っていくように。

「見事に赤剝《あかむ》けになってるね」

「う……うん」

「すごく痛々しいんだけれど……」

そこで言葉を吞《の》んだ遥は、次の瞬間《しゅんかん》、

――プッ！

なんと、思いっきり吹き出してくれたのだっ！

「酷《ひど》いっ、笑うことないのにっ！」

小学校三年生の時も、海水浴で赤剝けになって、寝込《ねこ》んでた俺を看病してくれた両親が、遥みたいに『プッ』と吹き出したことは忘れようにも忘れられない思い出だというのに、まさか、両親ばかりか、遥にまで吹き出されるなんてっ！

「ごめん、ごめん」

「俺のこと馬鹿にしてるっ」

「違うよ、そうじゃない。赤剝けの雅之があんまり可愛《かわい》いから、だから」

「この赤剝け状態のどこが可愛いんだっ！」

「可愛いよ。生まれたばかりの赤ちゃんみたいで」

「………へっ？」

「抱《だ》きしめて、頰《ほお》ずりしたくなるほど、微笑《ほほえ》ましいと言えばいいのかな」

「……あのねぇ」

赤ちゃんみたい、なんて言われて癪《しゃく》だけど、でも……。

もしかしたら、うちの両親も、あの時、遥と似たようなことを思ったのだろうか。

情けない姿になってしまった俺のことを、面白《おもしろ》がって笑ったのかと思っていたけれど、そうじゃなかったのかな……。

両親とはいえ、小学校三年生にもなって、赤ちゃんみたいと思われたのは、やっぱり嬉しくないけれど、それでも、あの時のことを長年薄情《はくじょう》と恨《うら》んでいた気持ちが、ス～ッと消えていく感じがした。

「……雅之」

背後から、遥の体が覆《おお》い被《かぶ》さってきた。

抱きしめて頰ずりしたいと言った言葉通りに、遥は俺の背に頰を擦《こす》り付けた。

せっかくドキドキが納まっていたのに、そんなことされたら、また……。

「だ……駄目《だめ》だよ、遥」

……俺、……おかしくなっちゃうよ。

「雅之の体、すごく火照《ほて》ってる」

「あ……赤剝けになってるから」

「あとで氷をもらってきて、冷やしてあげる」

「……うん。ありがとう」

「でも、ここは氷じゃ冷やせないよね」

「……あっ！」

遥の手が、なんといきなり俺《おれ》の股間《こかん》にっっっ！

「ちょっ！　ちょっと、遥！」

「ここも、すごく火照ってる」

甘《あま》く囁《ささや》くような声が耳朶《じだ》を掠《かす》める。その声にゾクッと体が震《ふる》えた。

「だから、僕《ぼく》が冷やしてあげる」

「……やっ」

「でも、雅之のここは、嫌だなんて言ってない」

下着越しに、遥の指が俺の股間を愛撫《あいぶ》する。

触れられたところから、快感がジワジワと体中に広がって……。

「……ん……あっ」

こらえ切れずに、俺は甘い声を漏《も》らしていた。

「可愛いよ」

遥の長くしなやかな指が下着をずり下げ、中に潜《もぐ》りこんでくる。

「……や、……やっ」

手当を受けている間も、自分がずっと、こんな状態だったことを遥に知られた恥《は》ずかしさに、ジンワリ涙が湧《わ》いてくる。

「いつから、ここ可愛い状態になっていたの？」

キュッと俺を握り締《し》め、遥が囁く。

「し……知らない。知らないよ、そんなこと」

「自分のことなのに？」

まさか遥に日焼け止めを塗《ぬ》ってもらった時から、なんて言えるはずがない。

フルフルと首を横に振れば、俺を握る遥の手に力がこもった。

「言わなければ、ずっとこのままだ」

「……そんな」

このまま、遥にエッチなことをされてしまうのは困るけれど、でも、ずっとこの状態というのも困るのだ。

恥ずかしいし……、それに、いつ吉村達が戻ってくるかわからない。

いくら遥と俺の関係は知られているとはいえ、流石《さすが》にこんな格好を見られたくはない。

「は……遥に、日焼け止めを塗ってもらった時から」

「だって、だって、遥が水着の中に手なんか入れてくるから、それで、ドキッとして……」

「それで、反応しちゃった？」

クスクスと遥は楽しそうに笑みを漏らす。

……ちっ、ちくしょぉっっっ！

「遥のせいだぞっ。遥があんなことするから、だから海から出るに出れなくなっちゃったんじゃないかっ」

「それじゃ、この赤剝けも僕のせい？」

俺はコックリ頷《うなず》いた。

「ごめんね、雅之。そうと知っていたら、海の中で射精《い》かせてあげたのに」

「ばっ……馬鹿《ばか》っ」

大胆《だいたん》な遥の言葉に、ボッと体に火が点《つ》いた。

「でも、僕が雅之にくっついていたら、吉村や小杉が邪魔《じゃま》しにやってきただろうから、それは出来ない相談だったかもしれないね」

「も……もう、いいだろう。ちゃんと言ったんだから、だから、手……離して」

「……えっ？」

「駄目」

チュッと遥は俺の耳朶に口付ける。

「言ったはずだよ。僕がここを冷やしてあげるって。このままじゃ雅之だって辛《つら》いよね」

ゆっくりと遥の手が、形を確かめるように俺自身を愛撫する。

「もう、こんなに硬《かた》いよ」

「……………」

モロな台詞《せりふ》に、俺は頭の芯《しん》まで真っ赤になっていた。

「いい子だから、そのまま腰《こし》を浮かせて」

「…で……でも…」

「今更《いまさら》、嫌《いや》だなんて言わせない」

「………遥」

「ぐずぐずしていると、吉村達が帰ってくるよ」

「………あっ」

そうなのだ。ぐずぐずしてたら、吉村達が帰ってきてしまうのだ。

それに、今更嫌だと言ったところで、股間のモノが、こんな状態では説得力がまるでない。

「………うぅっ」

覚悟を決めて、俺は言われた通りに、わずかに腰を浮かせた。

とたんに、遥の手が、俺の下着を……。

「いっ……いやだっ」

お尻《しり》がペロンと剝《む》き出しにされた。そして、そのままズリ下ろされて、足首から抜き取られた。

「恥《は》ずかしい……よ…ぉ」

こんなのは嫌だと訴《うった》える声が、ままならない感情に、掠れて震えた。

「恥ずかしくなんかない。すごく可愛《かわい》いよ、雅之のお尻」

先程《さきほど》、俺の背に頰《ほお》ずりしたように、遥は俺の尻に頰を寄せる。

「本当に、赤ちゃんみたいに滑《なめ》らかだ」

「……ば……馬鹿」

「雅之、足を開いて、もっと高くお尻を上げてごらん」

「ど……どうして」

「だって、そのままじゃ出来ないだろう。それに背中がこんな状態じゃ、仰向《あおむ》けにもなれないし」

確かに、このヒリヒリと痛む背で仰向けになりたくはない。

「だから、このまましてあげる」

「……でも」

してあげるったって、どうやって？

疑問は、すぐに解けた。

「ちょっ……ちょっと、遥っ！」

モタモタしてたら、遥の手で、俺はその恥ずかしい格好に押し開かれていた。

俯《うつぶ》せた俺の体と蒲団《ふとん》の間に遥の体が潜《もぐ》り込んでくる。そう、俺の股間《こかん》のところに、ちょうど遥の顔がくるような感じで……。

下から股間を覗《のぞ》きこまれる恥ずかしさに、思わず腰が引けた。

「駄目《だめ》だよ、それじゃ。そのまま、ゆっくり腰を下ろしてごらん」

「ええっ！」

そ……それって……まさか。

自分から、自分のモノを遥の唇《くちびる》に運べってこと？

「そ……そんなの、出来ない……よぉっ」

口に含《ふく》んでもらったことは、もう何度もあるけれど、でも自分からなんて、そんな恥ずかしいこと、今までしたことはなかった。

「いつまでその格好でいる気？　僕《ぼく》としては、雅之の元気がいいのを、アップで見せてもらえて、これはこれで楽しい光景だけど」

「は……遥の意地悪」

「意地悪なんて、してない。ただ雅之を楽にしてあげたいだけ」

「……でもっ」

何もそんな格好でしなくても、他にも方法はあるじゃないかっ。

よりにもよって、こんな恥ずかしい格好を強要するなんて、やっぱり遥は意地悪だ。

「………出来ないよぉ」

涙ながらに訴えれば、遥の手がスルリと俺《おれ》の尻に……。

何度かそこを撫《な》でられた後、

「だったら、僕が導いてあげるから、素直に言うことをきくんだよ」

と、遥の手に力がこもった。

カクンと腰が落ちそうになった俺は、反射的にその力に逆らっていた。

とたんに、

――パシッ！

「いっ……いた……っ！」

なんと、お尻を引っぱたかれてしまったのだ。

ビックリしすぎて、ジワッと涙が込み上げてきた。

いつもは優しすぎるくらいに優しい遥だから、だから尚更《なおさら》驚いた。

「痛くはなかったでしょう」

確かに痛くはなかったけれど、でも、小さい子がお仕置きを受けるみたいに、お尻を叩《たた》かれたのだ。その恥ずかしさは半端《はんぱ》じゃないっ！

「可愛いお尻……」

自分が叩いたところを、遥はまた撫でる。

「だから、もう、僕に叩かせないで」

優しく囁《ささや》くようなその声に、何故《なぜ》だかゾクリと体が震《ふる》えた。

恥ずかしいことに、………感じてしまったのだ。

遥の手に撫でられているところまで、ジワジワと気持ちよくなっていく。

当然股間のものは……。

「先走りの雫《しずく》が、今にも零《こぼ》れ落ちてきそうだよ」

「やっ……、言わないで。言わないで」

この体勢では、遥に見えないとわかっていても、俺は両手で自分の顔を覆《おお》い隠《かく》していた。

「このまま、僕が見つめているだけでも弾《はじ》けてしまいそうだね」

「………やっ」

いくらなんでも、そんな恥ずかしいことにはなりたくない。

でも、このままの状態が続いたら、それも怪《あや》しくなってくる。

「今度はちゃんと言うこと聞いて」

再び、遥の手に力がこもった。

ゆっくりと腰が、遥の顔のほうへと落ちていく。

「………あっ！」

温かく湿《しめ》ったものが、性器に触《ふ》れた。

「…は………遥っ」

上擦《うわず》った声を上げたとたん、根元から先端へと嘗《な》め上げられた。

「ああっ……あっ…」

駆《か》け抜《ぬ》けた快感に、恥ずかしい声が漏《も》れる。

黄桜が冬眠中だったことに、感謝せずにはいられない。

こんな状態で、黄桜の分まで感じてしまったら、おかしくなっていたと思うから。

「……い……やぁ…」

遥の舌が、何度も何度も俺の性器を嘗め上げる。

時には括《くび》れの部分をしつこく。そして先端の割れ目を……。

「……遥……遥…」

ずっと体の内の疼《うず》きを誤魔化《ごまか》そうと頑張《がんば》ってたから尚更、一度抑《おさ》えがきかなくなってしまったら、あとは済《な》し崩《くず》し……。

どんどん膨《ふく》れ上がる快感に、理性までが崩れていく。

これ以上快感を長引かされたら、感じすぎて、本当におかしくなってしまいそうで、

「……か…せて……、も……射精《い》かせてよ」

もっと決定的な刺激《しげき》をねだるように、自分から、遥に腰《こし》を押しつけていた。

「可愛《かわい》いよ、雅之」

お尻《しり》を撫でていた遥の手が、徐々《じょじょ》に下のほうへと伸びてくる。

まさかと思った、その時、指が後ろの窄《すぼ》まりに触れた。

「…やっ、……そこ、いやぁっ」

そこに快感があることは、もう何度も教えてもらっていたが、でもやっぱり、そんなところを愛撫《あいぶ》されるのは恥ずかしい。

「じっとしてて」

いったん離れた遥の指が、すぐにまた窄まりへと……。

先程《さきほど》とは違うヌルリとした感触《かんしょく》に、ゾクンと体が震えた。

「なっ……な…にっ？」

「心配しないで。さっき雅之の背中に塗《ぬ》ったやつだから」

つまり、火傷《やけど》の薬？

その色を思い出したら、おぞましさに、また体が震えた。

「やっ……やだ、そんなの塗るな……よぉ」

「でも、こうしないと雅之が辛《つら》いんだよ」

「辛くてもいいっ」

半泣きになりつつ訴《うった》えたが、

「我慢《がまん》して」

と、あえなく却下《きゃっか》に……。

「あっ……あっ！」

ヒダの周りを弄《いじ》っていた指が、ジワジワと内に潜り込んでくる。

「遥っ！」

異物感に耐え切れず、叫《さけ》んだとたん、

「ひっ！」

性器をスッポリと含まれた。

含まれたまま、敏感《びんかん》なところを舌で刺激され、そして、唇で大きくしごかれる。

後ろの異物感を凌駕《りょうが》して、快感の波が押し寄せてくる。

益々《ますます》奥まで挿入《はい》ってきた指に、体の内まで愛撫され、そのあまりの激しさに、俺は完璧《かんぺき》に泣きじゃくっていた。

「……いっ、……あ…ぁ…っ」

後の指が、二本に増えた。

太さの増したその指で、また奥まで貫かれ、そして引き抜かれる。

これまで経験のなかった体勢での責めに、体は一々戦《おのの》いたが、すぐにそれを受け入れた。

そして更《さら》なる刺激を欲しがって、自分から腰を動かしていたことに気づいて、死にたくなるほど恥《は》ずかしくなったけれど、でも……。

それが遥だから……。

遥が与えてくれるものだから、だから、こんなに欲しがっている……。

「……遥、……遥ぁ…」

不自然な体勢だから、すがりつく遥の体がないのがもどかしい。

遥に、きつく抱《だ》きしめてもらえないのがもどかしい。

お尻だけじゃなく、体ごと遥に抱きしめてもらいたいのに。

そして、もっと、もっと、遥を感じたいのに……。

「……遥が……欲しい……よ……ぉ」

無意識の内に、俺《おれ》はそう訴えていた。

「……雅之？」

ピタリと遥の動きが止《や》んだ。

チュッと俺の先端にキスをしてから、遥は俺の下から這《は》い出した。

「本当に？」

遥が問いかける。

何を問われているかも分からないまま、俺はガクガク頷《うなず》いていた。

「雅之を楽にしてあげるだけのつもりだったのに、でも、そんな嬉《うれ》しいことを言われたら、僕《ぼく》だって我慢出来なくなってしまうよ」

「……えっ？」

何を我慢出来なくなるのだろうかと、振り向いた俺が見たものは、

「……嘘《うそ》っ！」

自分の衣服を脱いでいる遥を目にして、崩壊《ほうかい》していた理性が瞬時《しゅんじ》に元に戻った。

まさか、このままここで最後まで？

「だっ……駄目《だめ》っ、そんなの駄目だよっ！」

「どうして？」

「……だって」

「まだ、怖《こわ》い？」

コクリと頷けば、遥は柔《やわ》らかく微笑《ほほえ》んだ。

「大丈夫、痛くないようにソッとするから」

でも、この前……つまり長野に合宿に行った時、テントの中でした時だけど、あの時だって、すごく痛かった。

………そして。

そして、凄《すご》く気持ちよかったのだけれど……（赤面）。

でも、あの時だって翌日は昼過ぎまで動けなかったんだ。また寝込《ねこ》む羽目《はめ》に陥《おちい》ったらどうしてくれるんだ……って、もう寝込んでるか、俺。

「おいで、雅之」

服を脱ぎ捨てた遥は、俺の隣《となり》に腰掛《こしか》けた。

遥の股間《こかん》では、すでに臨戦状態のモノが逞《たくま》しくそびえている。いつも目にする度《たび》に思うけれど、やっぱり巨《おお》きい……。

緊張《きんちょう》に、思わずゴクンと喉《のど》が鳴った。

「この前みたいに、出来るよね」

この前っていうのは、やっぱりテントでした時のこと。あの時、座位で遥を受け入れさせられたのだ。

「今度は背中が当たらないように、僕のほうを向いて座るんだよ」

「でもっっっ」

あの時は、背後から責められている途中《とちゆう》で、繋《つな》がったまま（激しく赤面）遥が体を起こしたから、自然座位の姿勢になったのだ。

自分から、遥の上に跨《また》がるのとは訳《わけ》が違う。

「で……出来ないよ、そんなの」

「でも、そのままじゃ、雅之だって辛いでしょう」

「……うっ」

まさか、ちゃんと最後までしなければ、射精はおあずけ……とか？

煽《あお》られるだけ煽られたのだ。今更《いまさら》ここで放り出されたら、もう、自分じゃどうしていいのかわからない。

「それに、急がないと吉村達が帰ってくるかもしれないよ。まさか、真っ最中のところを、雅之だって見られたくはないだろう」

「そっ、それは」

もちろん、それはその通りで、さっきから何度となく脅《おど》されている気のするその台詞《せりふ》に、俺は完璧《かんぺき》に自分を見失っていた。

「だから、おいで」

遥の手が俺の腕《うで》を引く。

「で……でも」

「大丈夫。大事なところも、いっぱい慣らしたから」

「でもっっっ」

「怖くないから、ね、いい子」

「………うっ」

そんなふうに言われる度に、いったい何度逆らえなくなってしまったことか。

そして、また、今度も。

俺は睫《まつげ》に溜《た》まった涙を拭《ぬぐ》い、恐《おそ》る恐るではあったが、遥の体を跨いだ。

「そのまま腰《こし》を下ろして」

遥の両手が俺の腰に掛かる。

下のほうへと促《うなが》され、ゆっくりと腰を沈《しず》める。

「そう、上手だよ」

挿入《そうにゅう》しやすいように、遥は片手で自身を支え、残った手で俺を更に下へと……。

「……あっ……」

遥の熱が、敏感《びんかん》なところに触《ふ》れた。

思わず腰を浮かしそうになった俺を、遥が押し止《とど》める。

「逃げないで」

でも、自分から遥を受け入れるなんて、そんなこと……。

恥ずかしいのと、怖いのとで、またジワッと涙が浮いてきて、俺はすがるように遥を見たが、
遥は緩《ゆる》やかに首を横に振るだけ。

「おいで、雅之」

甘《あま》く、優しく、だけど逆らえないほどの強さを持って、遥は俺の耳元で囁《ささや》いた。

「雅之の内に僕を受け入れて……」

腰を抱く遥の手に力がこもる。

敏感な部分に感じる圧迫感が増し、そして潜《もぐ》りこんでくる。

「…うっ……くっ…」

遥の逞しいモノが、俺を開き、そして潜りこんでくる。

「……い……たい。……痛いよぉ」

閉じているところを、強制的に開かれていく痛みに、涙が一筋流れ落ちた。

ただでさえ生理とは逆行する行為なのに、こんな不自然な体勢でしているのだ。

痛みもさることながら、感じる異物感も並みじゃない。

「そのまま、もっと奥までおいで」

「……遥…ぁ…」

「いい子だから」

自身を支えていた指を解き、遥は今度は俺のモノを……。

わずかに勢いを失っていたものが、遥の手の中で、一気に形を変える。

「……あっ」

押し寄せてくる快感に、後ろの辛《つら》さが薄《うす》らいでいく。

塗《ぬ》り込められた薬の滑《ぬめ》りに助けられ、俺《おれ》は自分から、ゆっくりと腰を沈めた。

「上手だよ、雅之」

俺の性器を愛撫《あいぶ》しつつ、遥の手の動きが早くなる。

同時に乳首を摘《つま》まれて、

「……あっ……いや、遥……ぁ……」

体の内を駆《か》け抜《ぬ》けていく快感に、俺は甘い声を漏《も》らしていた。

もう、これ以上奥には入らないというところまで、俺が体を沈めたところで、遥がゆっくり動き出す。

「遥っ、遥ぁ……っ」

俺は遥にすがりつく。遥の広い肩《かた》に顔を埋め、その逞しい背に腕を回す。

遥のほうも、俺の体を抱《だ》きしめてくれた。

赤剝《あかむ》けになってる背中を避《さ》けて、とりあえず大丈夫そうな腰のあたりを、きつく、きつく……。

「雅之の内、すごく狭くて、そして……熱い」

「……言わないで、言わないでっ」

熱いのは、俺じゃなくて、遥のほうだ……。

俺の体の内を愛撫する太くて長いものは、これ以上ないというくらいに……熱い。

そして、エアコンのない部屋の中……。

冷え切っていた体には丁度《ちょうど》いいくらいだった室温も、今の俺達には、熱いだけ……。

緩やかに回る扇風機《せんぷうき》の風が、汗ばんだ体に心地よかった。

「ああっ！」

遥の巨きなものが、俺の内で、また大きく膨《ふく》らんだ気がする。

「……遥、………遥ぁ……っ」

窓の向こうに広がる大洋のように、果てしない快感が俺を呑《の》み込み、そして揉《も》みくちゃにする。

「……っちゃう。…も……射精《い》……ちゃう……よぉ」

限界を訴《うった》えると、遥の動きが激しくなった。

体の内を脳天まで突《つ》き抜けていくような衝撃《しょうげき》に、俺は恥《は》ずかしい声を上げ続け、そして、

「や……あっ、アァァ―――ッ！」

絶頂まで押し上げられた俺は、次の瞬間《しゅんかん》、遥と自分の腹《はら》を、迸《ほとばし》りで濡《ぬ》らした。

急速に遠のいていく意識の中で、俺は自分の内で、遥の情熱が弾《はじ》けたのを感じていた。

「……雅之……雅之……」

心配そうに遥が俺の顔を窺《うかが》っている。

俺はまだ裸《はだか》なのに、遥だけキチンと衣服を着けているなんて、ズルイ。

「大丈夫かい、雅之」

「……うん、……それなりに……」

やっぱり、ちょっとだけ気を失っていたらしい。あれだけ激しく感じまくってしまったのだから、当然と言えば、当然かもしれないけれど……。ううっ、でも、こんなのやっぱり恥ずかしい。

いつ、吉村達が戻ってくるかわからないので、起き上がって、俺も服を着ようと思ったけれど、まだ、しばらくは、指一本だって動かせない。

「無理しないで」

マグロのように、蒲団《ふとん》の上に伏してる俺を、遥は『いい子いい子』と頭を撫《な》でる。

「もう少しだけいい子にしててね」

何時《いつ》の間に、温かいタオルを用意したのか、遥は念入りに俺の体を拭《ふ》いていく。

遥にこんなことまでしてもらって、申《もう》し訳《わけ》ないけれど、でも動けないんだから仕方がない。

それに、汗ばんでしまった体を、清潔なタオルで拭《ぬぐ》われていく感触《かんしょく》は心地よくて、ついウトウトとしてしまった俺だった。

しかしっ！

「ちょっ！　やっ、遥っ！」

遥の指が再び後ろに潜《もぐ》りこんできたのだ。

「やっ、やだっ！」

「ごめんね、雅之。でも、もうちょっとだけ我慢《がまん》して。雅之の内に出してしまったから」

「……あっ」

そういえば、そうだったのだ。

薄《うす》れていく意識の中で、遥の迸りを感じたのは、あれは気のせいなんかじゃない。

……ということは。

これからされることを思ったら、恥ずかしさにカッと顔が熱くなって、俺は俯《うつぶ》せのまま、また両手で顔を覆《おお》い隠《かく》した。

「いい子にしているんだよ」

潜り込んだ指が、更《さら》に奥のほうまで潜りこんでくる。そして、もう一本……。

遥自身の放ったもので、濡れていたそこは、指を拒んだりしなかった。

「う……くぅ……っ」

体の内で指が蠢《うごめ》く。そして、二本の指が開かれたまま、ゆっくりと抜け出てきた。同時に遥の残滓《ざんし》も……。

流れ出てきたものの感触の恥ずかしさに、『ひっく』と喉《のど》が嗚咽《おえつ》を漏らす。

それから何度か同じ行為を繰り返されて、ようやく終わった時には、俺はしっかり泣いていた。

恥ずかしくて、恥ずかしくて、恥ずかしくて……。

顔を上げることなんて出来なかった。

その間に、またタオルで体の隅々《すみずみ》まで拭われた。薬を塗られたアソコのヒダの一筋一筋まで念入りに……（泣）。

「さぁ、綺麗《きれい》になったよ」

ピカピカになった俺の体を、遥は満足そうに見つめている。

だけど、ピカピカにされた俺の方は、全然嬉《うれ》しくなんてない。遥に後始末までしてもらったことは申し訳ないとは思うけれど、でも、やっぱり、嬉しくないっ！

こんなに恥ずかしいことといっぱいされて、ホント黄桜が冬眠中だったことを感謝せずにはいられない。

だって、黄桜が起きてたら、俺がされたあんなこととか、こんなこととか、みんな黄桜にはわかってしまうんだから。

俺がどんなに淫《みだ》らだったかまで………。

「………あっ」

いきなりハッと気がついた。

俺の内に、黄桜がいるということは、遥の内にもラファエルがいるということなのだ。

ということは、もしかして、俺の恥ずかしい姿は、みんなラファエルにも見られていたっていうこと。

自分から遥を受け入れるような真似《まね》をした、あんなことまで（激爆赤面っっっ）！

もしかして、遥に触られる度《たび》、あんなにもドキドキして、あんなにも敏感《びんかん》に感じてしまったのは、遥の内にいるラファエルの影響《えいきょう》だったとか？

「そ……そんなぁ…」

そんなの、あんまり、俺が可哀想《かわいそう》じゃないかぁ―――っ!!

でも、黄桜が冬眠中だったように、遥の方だって、ラファエルがお休み中だったとか、どっかにお出かけ中だったとかいうこともあるわけで……。

「あ……あの…」

「何、雅之？」

ニッコリと微笑《ほほえ》んだ遥の顔に、問い掛ける言葉が、どっかに消えた。

真相は、やっぱり知らない方がいい。

ラファエルはいなかった。

きっと、きっと、いなかったんだ！！

そう思い込んでいた方が、心は平和ということで。

でも、そうすると、俺《おれ》があんなにドキドキしてしまったこととか、あんなに感じてしまったこととか、ちょっと鬼畜《きちく》系入っていた今日の遥の行為の説明が……。

もしかして、あれって遥の本性？

優しいことは優しいけれど、でもエッチにおいては容赦《ようしゃ》がない？

遥って、元々そういう御方《おかた》だったの？

そして……、そして俺ってば、こんなにエッチな体をしていたと？

ううううっ、ラファエルのせいにするのと、しないのとでは、どっちが心が平和なのか？

そんなの………、そんなの、選べるかぁ──────っ！！！

とりあえず、自分に不都合なことはみんな忘れることにして、今は……。

そうっ、今は服を着ることだ！

俺達が海から上がってから、もう大分時間が過ぎている。モタモタしてたら、本当に吉村達がもどってくる。

体は綺麗にしてもらったけれど、でもスッポンポンじゃ、何をしてたかなんて、すぐにバレちゃう。

「……服……服着る」

不自由な体でヨロヨロと立ち上がろうとしたら、

「まだ、無理はしないほうがいい」

と、遥は俺を押し止《とど》めた。

「でも、吉村達が帰ってくる」

「ああ、それなら大丈夫。あと三十分くらいは、小杉が吉村を足止めしておいてくれることになっているから」

「……………………………………………………………………………………」

…………………………………………………………………………………………

……………………………………えっ？」

瞬間《しゅんかん》、頭が真っ白になった。

小杉が吉村を足止めしてくれることになってる……って、それじゃ、それじゃ、散々俺を脅《おど》してくれたあの言葉は、なんだったたんだぁ――――っ！

いつ吉村達が戻ってくるかヒヤヒヤで、それで、つい遥のハードな要求にも、従ってしまった俺だったのに、それなのに……、それなのにぃ――っ！

「酷《ひど》いっ！」

……遥って、
やっぱり、意地悪だぁ――っ！

でも、その意地悪な行為に、あんなに感じてしまった俺って……。

うううっ、遥のこと、怒《おこ》れないじゃないかっっっ。

「泣かない、泣かない」

再び、遥の手が、俺の頭を『いい子いい子』する。

ちくしょぉっ、俺は三歳児《さんさいじ》かっ！

「服なら、僕《ぼく》が着せてあげるから、雅之はそのまま寝《ね》てなさい」

「そんなのっ」

自分で着れるっ！　とばかりに、俺は無理矢理《むりやり》立ち上がろうとしたが、

「ひっ！」

覚えのある痛みが、背筋を駆《か》け抜《ぬ》け、俺はそのまま固まった。

「だから、無理しちゃいけないって言ったのに」

「誰《だれ》のせいだと思ってるんだっ！」

手当してくれるだけのはずだったのに、まさかそのままエッチに雪崩《なだ》れ込まれるなんて。

「みんな、僕のせいだね。ごめんよ、雅之」

ごめんよ……って、そんなスッキリした顔で言われても、無茶苦茶《むちゃくちゃ》説得力ないぞっ。

「だから、責任を持って、雅之の世話は僕がするから」

言うが早いか、遥は俺の下着を手に取り、そしてイソイソと俺の足首に……。

…………（泣くっっっ）。

結局それから、遥に半ズボンも穿《は》かせていただき、下でもらってきた氷で、背中を冷やしていただいたのだ。

文字通り、お世話されている身の上になってしまった俺は、シクシクと蒲団《ふとん》に顔を埋めているしかなかった。

でも、そのお陰《かげ》で……と言うべきか。

それからしばらく時間が経《た》って、戻ってきた吉村と小杉だったが、赤剝《あかむ》け状態でウンウン言ってる俺を見て、流石《さすが》にヨコシマな想像というのは出来なかったようだ。

ちなみにウンウン言ってたのは、遥にたっぷりと可愛《かわい》がられてしまったから、というのが大きい。

「まさか、こんな悲惨《ひさん》なことになってたなんて」

「大丈夫かい、野沢君」

気の毒そうに、俺の側へとやってきた吉村と小杉だったが、

「……まさに因幡《いなば》の白兎《しろうさぎ》」

「それとも、生まれたてのハムスター……」

何やら勝手なことをほざいたあげくに、

――――プッ！


なんと、この二人まで吹き出してくれたのだっっっ！

「酷い、笑うことないじゃないかっ！」

蒲団の上で、ジタバタ暴れる俺に、

「いや、あまりに似合《にあ》いすぎで……」

「ついつい、可愛いと思ってしまったもので」

と、吉村と小杉は、まだ『くっくっ』なんて笑っている。

いいんだ、いいんだ、どうせ俺なんて……。

イジイジとシーツをむしる俺だった。

□□□

その夜の夕食は、流石《さすが》に海の家だけあって豪華《ごうか》な海の幸《さち》のオンパレードで、やっぱり、この宿は大当たりだったと幸せ一杯で蒲団《ふとん》についた俺だったが……。

………ウィィィィ〜ン

…………ウィウィウィ〜ン

脳味噌《のうみそ》に直接響いてくるような、この怪音波《かいおんぱ》の正体はっ！

「あ〜っっっ、もう、全然寝られないよぉっっっ！」

ウトウトする度《たび》やってくる蚊《か》に、ポリポリとアチコチを掻《か》きむしりつつ、俺は蒲団から起き上がった。

そう、怪音波の正体は、なんと蚊！

赤剝《あかむ》けになってるところが痛くて、上に何も着ないまま寝てしまったのが悪かったのか。

それとも、網戸《あみど》があるから大丈夫と窓を開けて寝たのが悪かったのか。

うるるる～っ、きっと網戸に穴でも開いていたのだ。

赤剝けになったところが痛痒《いたがゆ》いのに、その上蚊に刺《さ》されたのではたまらないっ！

さぞ、遥や吉村達も寝苦しい思いをしているだろうと、薄暗《うすぐら》い部屋の中、周《まわ》りに敷《し》かれた蒲団を見回せば、

――スヤスヤスヤ

と、三人とも、安らかな寝息をたてている。

もしかして、この御方《おかた》達って、蚊なんかでは動じない図太い神経の持ち主とか？

それとも、蚊に襲撃《しゅうげき》されてるのって……俺だけ？

「うわぁ～～～～んっ！」

なんで俺だけ、こんな目に遭《あ》わなきゃいけないんだ。

寄ってくる蚊から身を守るように、俺《おれ》はしっかりとタオルケットに包《くる》まって、なんとか眠ってしまおうと頑張《がんば》ったが、しかしっ！

——ポリポリポリ

すでに刺されたアチコチが痒くて痒くてたまらない。

とてもじゃないけど、眠るなんて出来なくて、泣く泣くそのまうずくまっていた俺だった。

3

そして、翌朝。

蚊の猛攻《もうこう》も収まったようで、眠れないまま一夜を明かした俺は、タオルケットも放り投げ、蒲団の上にグッタリと死んでいた。

すると、

「凄《すご》いな、野沢」

目を覚ました吉村が、俺の方を見て驚いている。

続いて、遥と小杉も目を覚まし、同様に、俺の方を見て、目を丸くしている。

それもそのはず、いっそ見事なばかりに、俺の体は、蚊に刺されたせいで、アチコチ赤くなっていたからだ。

「俺達が寝ている間に、ずいぶん派手に可愛《かわい》がられたようだな」

吉村の指が、蚊にさされた跡をツンツンとつつく。

「おかげで朝まで眠れなかったんだぞ。それなのに、お前らときたらっ」

自分達だけ、ぐっすり眠りやがって、と悔《くや》しさに拳《こぶし》を握り締《し》めれば、

「朝まで？」

吉村は呆《あき》れたように、『ひゅ～っ』と長い口笛《くちぶえ》を吹いた。

そして、どういうわけだか、吉村は遥のほうを振り返り、

「少しは加減してやらないと、野沢の体がもたないんじゃないの、竹井」

と、非難がましい台詞《せりふ》を。

「あいにくだけど、吉村。その犯人は僕《ぼく》じゃない」

「ということは……」

吉村と、遥の視線が、今度は小杉に。

小杉はギョッとしたように、ブンブン手を振った。

「ちっ、違う。断じて僕でもないっ！」

「ということは……」

三人の視線が、再び俺に集まる。

「さて、野沢君、君の肌に、この不埒《ふらち》な跡を残した犯人は誰《だれ》かな」

名探偵《めいたんてい》よろしく、吉村の指が再び俺の虫刺されのあとに。

「………あのぉ」

もしかして、激しく何か勘違《かんちが》いしてませんか？

まさかとは思うけど、俺が誰かに何かされたとか思ってる？

そんなの……、そんなの冗談《じょうだん》じゃないぞぉ――――っ！

「お前らなぁっ、これは蚊に刺された跡であって、キッ……キスマークなんかじゃないんだからなっっっ！」

叫《さけ》んだ俺に、三人は、

――――ププッ！

と、同時に吹き出してくれたのだっ！

もしかして、もしかしなくて、最初からわかってて、それで俺をからかっていただけ？

「お前らなぁ～～～～～～～～っ！」

「あ～～～、ごめん、ごめん。あんまり見事な虫刺されだったんで、つい」

「酷《ひど》いっ」

吉村ばかりか、遥や小杉までグルになって俺をからかうなんてっ。

「ひっ……人が、人が一晩中不幸な目に遭《あ》ってたっていうのに」

それなのに、自分達だけ幸せそうに眠ってたくせにっ！

「お～～～よちよち、痒《かゆ》かったねぇ、可哀想《かわいそう》だったねぇ」

尚《なお》も『ひ～ひ～』笑いつつ、吉村は怒《いか》りに震《ふる》える俺の頭を撫《な》でる。

「やめれっ！」

だから、俺は三歳児《さんさいじ》じゃないってのっ！

「目まで真っ赤になっちゃって、これじゃ本当に兎《うさぎ》さんだな」

「悪かったなっ！」

プイと横を向けば、それまで苦笑していた遥が立ち上がった。

「待ってて、雅之。今、宿の人から、虫刺されの薬をもらってくるから」

ということで、また遥にお世話していただく羽目《はめ》に陥《おちい》ってしまった俺だった。

その後、漁師料理なる豪華《ごうか》な朝食にありついたのだけれど、赤剝《あかむ》けになった上、遥に激しく体力を奪われ、その後寝不足状態になってしまった俺は、食欲がわかず、せっかくのご飯もあまり食べられなかった。

「ごちそう様でした」

結局、ご飯二杯で、パタリと箸《はし》を置いた俺に、

「大丈夫かい、雅之。あまり食欲がないようだけれど」

と、遥の心配そうな声。

「朝からそれだけ食べられれば、十分て気もするけど」

「でも、野沢君ですからね」

「常識を超えた胃袋《いぶくろ》をしていると?」

「そう。ブラックホールも真っ青という」

吉村と小杉の勝手な会話にも、怒《おこ》る気力が湧《わ》いてこない。

食べて早々に、行儀《ぎょうぎ》が悪いと思ったけれど、そのままズズッと畳《たたみ》の上に横になれば、

「眠いんだね。無理もない」

と、遥の優しいお声が。

やっぱり、なんだかんだ言っても遥は優しい。優しくない遥も好きだけど、でも優しい遥はもっと好き。

「遥ぁ〜〜〜〜っ」

ズリズリと、俺《おれ》は遥の膝元《ひざもと》に擦《す》り寄った。

「あ〜あ、朝から見せつけてくれるじゃないの。これじゃ、なんの為に合宿に来たのかわからない」

大袈裟《おおげさ》に目許《めもと》を覆《おお》った吉村に、小杉の冷たい視線が飛ぶ。

「なんの為に来たんですか」

「下心」

「…………」

小杉の視線の冷たさが、氷点下に下がったのは言うまでもない。

「懲《こ》りない奴《やつ》め」

「そう簡単に、諦《あきら》められますかっての。何しろ俺は、野沢のファーストキスの相手だからな」

「…………えっ？」

小杉がビックリしたように、俺を振り返る。

「吉村、お前ねぇっっっ！」

思い出したくない、あのキスのことを蒸し返されては、俺だって、黙ってはいられない。

憤怒《ふんね》っ、と立ち上がり、俺は吉村の頭を一発！

――ペッコーン！

なんだかズイブン軽い音がした。

「あんなのキスじゃないっ！」

だって、俺がボケッとしていた隙《すき》に、吉村が勝手に唇《くちびる》を……。

もちろん不本意だったし、それに、あの時は遥に対する自分の気持ちにも気付いてなかったし、それに……、それにっっっ！

あの時の恨《うら》みを、俺はまだ忘れたわけじゃないんだからなっ！

そりゃあ、そのせいで、遥に対する自分の気持ちに気付くことが出来たし、吉村のことは嫌《きら》いじゃないし、一番の友達とも思っているけれど、でも、それは友情であって、恋愛感情なんかじゃない！

「とにかく、あんなのキスじゃないっ！」

ついでに言うなら、黄桜の『お食事』のせいで、不特定多数の男と唇を合わせてしまったことも、全部まとめて、キスじゃないからなぁ――――っ！

「わかった、わかった。わかったから、そんなに肩《かた》を怒らすなって」

絶対に、この状況を楽しんでいる吉村は、『くくっ』なんて笑っている。

なんで、こんな御方《おかた》と一番の友達になってしまったのだろうかと、後悔《こうかい》しても、後の祭りということで。

「雅之」

おいでおいでと遥が俺を手招きする。

素直にその言葉に従えば、いきなり遥の腕《うで》が俺を抱《だ》きしめ、そして、『ウチュ〜』っと……。

唇と唇が離れたその後は……。

「あ……あっ……あっ…」

思わず呆然《ぼうぜん》として、俺は口パク状態に。

「雅之の言うキスっていうのは、こういうことだよね」

ニッコリと満足そうに微笑《ほほえ》んだ遥に、吉村と小杉も呆然状態。

流石《さすが》にこの展開は想像していなかったようだ。もちろん俺だって、想像していなかった。

吉村と小杉の二人は同時に箸を置き、そして、

「ごちそうさまでした」

見事にハモッてくれたのだった（泣くっっっ）。

□□□

結局、昨夜眠れなかった俺は、朝ご飯を食べた後、改めて眠ることに。

そんな俺を気遣《きづか》ってか、遥達は静かに部屋を出て行った。

今日も空は青空で、気温も高く絶好の海水浴日和《びより》。

でも、赤剝け状態になってしまった俺は、当分海では泳げそうにない。

一人、取り残されたようで、心細い気持ちになったけれど、でも俺が目覚める頃《ころ》には、きっと遥が戻ってきてくれる。

そしたら、一緒《いっしょ》にこの辺を散歩して、そしてまた、ソフトクリームをご馳走《ちそう》してもらっちゃおうかな、なんて思ったら、知らず頰《ほお》が緩《ゆる》んでいた。

だって、この疲労の一因は、昨日遥に激しく求められてしまったから、というのもあるのだから、ソフトクリームくらいねだっても罰《ばち》は当たらない。

遥と一緒に過ごす時間を思い、俺は静かに目を閉じた。

それからいったいどのくらい眠っていたのだろうか。

汗ばんだ体の気持ち悪さに目が覚めれば、時刻はすでに三時過ぎ。昨夜眠れなかったからとはいえ、お昼ご飯もたべずに、こんな時間まで眠っていたなんて。

宿ではお昼ご飯は出ないから、適当にどこかで食べることになっていたのだが、こんな時間では、遥達はきっとご飯を済ませてしまっただろう。

なんだか、また取り残されたような気がして、俺は慌《あわ》てて窓辺へと走った。

目の前に広がる海岸に遥達の姿を探したが、しかし、なかなか見当たらない。昨日にも増して今日は海水浴客も多いみたいだ。

「どこいっちゃったんだろう」

このまま、一人でずっと宿でお留守番《るすばん》というのも悲しいものがあるので、俺は必死に海岸に目を凝《こ》らす。

「…………あっ！」

いたっ！

すぐに見つけられなかったのも、そのハズ。

なんと、遥達は、砂浜で大勢の女の子達に囲まれていたのである。

その女の子達の陰《かげ》になって、見えなかったのだ。

昨日はずっと海の中にいたから、女の子達も、遥達に気付かなかったか、あるいは遠慮《えんりょ》して寄って来なかったのだろうが、砂浜にいたのなら、目立つことこの上ないし、女の子達も遠慮はいらないということか。

そりゃ、遥達みたいに格好いいのが三人も揃《そろ》ってたら、注目を集めるのもわかるし、女の子達が寄ってくるのもわかる。

「でも、そんなっ」

ナンパな吉村なら、まだ納得《なっとく》出来るけど、どうして遥まで？

昨日、あんなに激しく愛されたから、尚更《なおさら》納得出来ないものがある。

その場は、まさにハーレムで、砂浜であるにもかかわらず、入れ食い状態。しなだれかかる女の子達に、特に嫌《いや》がるふうもなく、三人とも、何やらとっても楽しそう……。

「……遥の馬鹿《ばか》っ！」

元はと言えば、赤剝《あかむ》けになってしまったのだって、遥のせいなんだ。

おまけに昨日の行為が行為だったから。

だから、俺《おれ》は一人こんなところに取り残されることになったのに、それなのに、遥は俺のことなんかお構《かま》いなしに、自分だけしっかり女の子と……。

「……そりゃあ…」

遥だって男なんだから、水着美女が嫌《きら》いなはずはない。寄って来られたら嬉《うれ》しいだろうし。

それは、俺だって同様だけど……。

「でもっっ！」

でも、昨日の今日で、こんなのは、やっぱりあんまりじゃないかっ！

俺は、遥と一緒に過ごせる時間を楽しみにしてたのに、それなのに遥は……。

「……やっぱり」

どんなに体を重ねても、男である以上、男の恋人よりも女の子のほうがいいのだろうか……？

常識的に考えれば、その通りではあったけれど……。

でも、それじゃあ……、俺の気持ちはどうなるのか。

自分が男であるというコンプレックスを、今まで感じたことなどなかったけれど、でも、こんなふうに、目の前で女の子と楽しそうにしている遥を見せつけられたら、コンプレックスを感じないわけにはいかなくなる。

自分は男なんだってこと、意識しなきゃいけなくなる。

こんな時じゃなかったら、それほど気にならなかったかもしれない光景も、今の俺には辛《つら》いだけ。

昨日、あんなに愛されたから、だから尚更……。

「……でも、俺は……」

こんなにも、こんなにも、遥のことが好きなのだ。もう、遥を失うことなど考えられないほどなのに……。

『愛している』って囁《ささや》かれる度《たび》、どれほど嬉しかったか……。

それなのに、今更《いまさら》、あれは気の迷いでしたと言われても、『はい、そうですか』って遥のこと諦《あきら》めることなんて出来ない。

「そんなの、絶対出来ないんだからなぁ――――っ！」

窓の向こうに向かい、俺は絶叫《ぜっきょう》したが、でも、遥のところまでは届かなかったらしい。

相変わらず、女の子達に囲まれている遥達に、ジワッと涙が込み上げてきて、そんな惨《みじ》めな気持ちを振り払うように、俺は部屋から飛び出した。

遥が心変わりをしたなんて、思ったわけじゃないけれど……、自分が飽《あ》きられてしまったとも思っていなかったけれど……、でも、なんだかすごくやりきれなくて……。

もうこれ以上、遥達を見ていたくはなかった。

遥達が見える部屋の中にもいたくはなかった。

そして、なによりも、こんな気持ちになっている自分が嫌だった。

だから、宿を出て、遥達がいる方向とは逆のほうへと海岸を走った。

とにかく、この惨めな気持ちをなんとかしたくて、俺は後先も考えず、

――ザップ～ン！

と、海の中へと飛び込んでいた。

「ウギャァ――――っ！」

赤剝けになってたところに海水が滲《し》みて、その痛さに思わず情けない悲鳴を上げた。

でも、今はその痛みが、心の痛みを紛《まぎ》らわせてくれる。

だから、もっと、もっと、痛いほうがいいのだと、俺はザバザバ沖へと泳いだ。

水着じゃないけど、半ズボンなら、服がまとわりついて溺《おぼ》れることもないだろうし。

「……遥の馬鹿、……遥の馬鹿、……遥の馬鹿」

まるで『一、二。一、二』と掛け声を掛けるみたいに呟《つぶや》きつつ、大分沖へと泳いだ時には、すっかり痛感が麻痺《まひ》してしまったのか、もうそれほど痛いとは感じなくなっていた。でも、やっぱり、痛いことは痛いっ。

「う……ううっ……」

俺、いったい、何を一人で空回りしてるんだろう……。

痛いのと、情けないのとで、ポロポロ涙が零《こぼ》れてきた。

涙で曇《くも》った視界の中、泳ぐ手足もおぼつかなくなってきて、

「あっ……あれっ…」

バランスを大きく崩《くず》した俺は、ブクブクと海の中へと。

不味《まず》いっ、と慌てて浮き上がろうとしたとたん、

――ピッキ――――ン！

　と、足が攣《つ》ったっっっ！

「なっ、なんでぇ――――っ！」

　なんだって、こんな時に足が攣るのかっ！

　こんな時だから、攣ったのかもしれないが、しかし、陸《おか》の上なら笑い話で済むことも、海の中では笑ってる余裕《よゆう》なんてないっ！

　だって、だって、

「おっ、溺れるぅ――――っ！」

　すっかりパニックしてしまった俺は、元々バランスを崩していたこともあって、そのジタバタジタバタとっ！

「黄桜っ、黄桜ぁ――――っ！」

　こんな時こそ、その魔力《まりょく》で助けて下さいとばかりに、俺は黄桜を呼んだが、しかし、気合いを入れて冬眠している黄桜は起きる気配もない。

「うわぁ〜ん、黄桜の馬鹿《ばか》、馬鹿っ」

もう、駄目《だめ》だっと思った、その時っ！

「しっかりしてっ！」

背後から伸びてきた腕《うで》に、グィッと首の辺《あた》りを掴《つか》まれた。

正面から来ないあたり、かなり慣れた仕種《しぐさ》と言えた。

そのまま上へと引き上げられて、

「……た、…助かったぁ」

俺はゼェゼェ息を継《つ》いだ。

海水を呑《の》んでしまったせいで、喉《のど》がヒリヒリしてる。でも、こんなところで、土左衛門《どざえもん》にならずに済んで、ホント運が良かった。

近くに人がいたことを感謝しつつ、俺は命の恩人を振り返った。

「……あっ、あれっ？」

なんかどっかで見たことあるような……。

「本校の野沢君じゃないかっ！」

俺を見た、その恩人も、ビックリしたように俺の名を呼んだ。

「もしかして、国坂《くにさか》さん？」

「もしかしなくても、その国坂だ」

なんと、俺の命の恩人は、つい先日まで長野のキャンプで一緒《いっしょ》だった、青陵第二学園の副生徒会長、国坂安理佐《ありさ》だったのだっ。

キャンプ中も、何かとお世話になった彼《かれ》だった。その彼と、数日後、こんなところで再会するなんて。

「お〜い、国坂、一人で大丈夫か」

少し離れたところから、こちらの方へと泳いでくるのは、なんと、青陵第二の生徒会長、檜《ひ》垣真一郎《がきしんいちろう》だっ！

彼もここへ来ていたなんて、すごい偶然《ぐうぜん》。

傍《そば》まで泳いできた檜垣も、俺《おれ》を見てビックリしたようだった。

「野沢君じゃないかっ！」

海の中だというのに、檜垣の逞《たくま》しい腕が、再会の喜びを表現するかのように、俺の体を抱《だ》きしめる。

「くっ、苦しい〜っ」

また溺れては敵《かな》わないと、俺は檜垣の腕から逃《のが》れ、国坂の後へと。

そういえば、この二人には、キャンプ中テントの中で一升瓶《いっしょうびん》を勧《すす》められたのだ。もちろん、日本酒の一升瓶である。おかげで酔《よ》っ払《ぱら》ってしまった俺は、後で小杉に叱《しか》られた。

呑ませた二人は、その後、小杉にもっと酷《ひど》い目に遭《あ》わされたらしくて、俺としては申《もう》し訳《わけ》ないこととこの上なかったりする。

「あっ、あの、どうして国坂君と檜垣君がここに」

まだ足が攣ってる俺は国坂の肩《かた》にすがりつつ聞いた。

「国坂の別荘《べっそう》が、この近くにあるんだ。それで俺は招待されたという」

「別荘が？」

ということは、国坂ってば、お金持ち？

「すご～い」

思わず尊敬の眼差《まなざ》しを向けた俺に、国坂は苦笑する。

「それよりも、野沢君、大丈夫かい。溺れていたみたいだけど」

「う……うん。いきなり足が攣っちゃって、それでアセッてたらブクブクと」

「足が？」

ギョッとしたように、国坂と檜垣が俺を見る。

「大変だ。とにかく岸に戻らないと。檜垣も手伝って」

「わかった。気を強くもつんだぞ、野沢君」

「あ……ありがとう」

そんな大袈裟《おおげさ》なものじゃないんだけどと思いながらも、左右から国坂と檜垣に助けられ、俺は岸を目指した。

岸に辿《たど》り着く頃《ころ》には、攣った足もなんとか元に戻り、二人の助けを借りなくても歩けるようになっていた。

とりあえず、二人が荷物を置いておいたところまで一緒に行けば、

「どこかで冷たい物でも飲もうか」

と、国坂が。

「ごめん。俺、今お金持ってきてないから」

勢いのまま宿から飛び出してきたので、俺がお金を取りに行ってる間、二人をここで待たせるのも申し訳ない。

だから、国坂のお誘《さそ》いに、ごめんなさいをすれば、

「そんなの気にすることない。喜んで僕《ぼく》がご馳走《ちそう》するよ」

「ホントッ」

実際のところ、海水を呑んだせいで、今すぐにでも飲み物が欲しかった俺は、思わずバンザイをしていた。

「おいおい、国坂、どさくさに紛《まぎ》れて野沢君をナンパしてるんじゃないぞ」

「……あのねぇ、檜垣」

国坂は呆《あき》れたように檜垣を見ている。

なんだか、この二人って、吉村と小杉のコンビに雰囲気《ふんいき》が似ている……。

雰囲気だけじゃない。国坂の方は、小杉同様に、スレンダーな優等生タイプ。

そして檜垣は、吉村よりはちょっと逞しいけれど、でも吉村同様に、砕《くだ》けた感じがいかにも女の子受けしそう。

まったく、長野でのキャンプの時も思ったけれど、青陵各校の生徒会トップは、顔と身長で選ばれてるんじゃないかと、マジで疑ってしまう。

国坂も檜垣もかなりの長身で、そしてどちらも、かなりの美形。遥達もそうだけど、高校生にはとても見えない大人《おとな》びた雰囲気だ。

となれば、当然、女の子達の視線が……。

「……あっ」

やっぱり、集まっている。

行き交う女の子達は一様に、国坂達を振り返り、『きゃぁ〜』なんて、勝手に盛り上がっている。

砂浜に横たわる美女は、興味を引こうと大胆《だいたん》なポーズを。

でも、二人はそんな熱い視線など意に介《かい》したふうもなく、平然としたもの。多分、慣れたものなのだろう。

俺に集まる視線といえば、『なんでこんなのが交じってるわけ?』という訝《いぶか》しげなもの。そして、彼女《かのじょ》らは俺の足の傷に気付き、おぞましそうに視線を逸《そ》らす……。

俺の方も、そんな視線には慣れてるから、もう気にならないけどね。

そういえば国坂達も、俺の足の傷に気付いてるはずなのに、特に気色の悪そうな様子はなかった。

もしかしなくても、気を遣《つか》ってくれているのだろうか。

「あの……、俺の足の傷、気持ち悪くない?」

「どうして」

国坂と檜垣はキョトンとした顔をした。

「……だって」

「正直なところ、すごい怪我《けが》をしたんだなってビックリしたけれどね。でも、そんなふうには少しも感じなかった」

国坂の手がクシャリと俺の濡《ぬ》れた髪《かみ》を乱した。

「そんなことより、野沢君。僕はこの赤剝《あかむ》けの方が気になるんだけれど」

「そうそう、どうしたんだ、まるで因幡《いなば》の白兎《しろうさぎ》みたいじゃないか」

檜垣ったら、言うことまで吉村と一緒《いっしょ》だ。

なんだかおかしくなって、俺はついつい吹き出していた。

「笑い事じゃないだろう。こんな体で海に入ったら駄目《だめ》じゃないかっ」

「ごめん。ちょっと、勢いのまま飛び込んじゃって」

お陰《かげ》で赤剝けは更《さら》に悲惨《ひさん》なことになっている。

麻痺《まひ》していた痛感もすっかり回復したようで、今は体中がピリピリと痛む。

「とにかく、海水を洗い流すほうが先だ」

冷たい物は後回しということになり、俺は二人に連れられ、手近なシャワーボックスへと押し込まれた。

シャワーのお金は国坂が払ってくれたし、タオルは檜垣が貸してくれた。

熱めのお湯で体を流し、サッパリとしたところでシャワーボックスから出れば、

「何か羽織《はお》っていたほうがいい」

と、檜垣が自分のシャツを。

「でも、濡れちゃうから」

下は普通《ふつう》の半ズボンだから、滴《したた》るほど水を含《ふく》んで重たくなっている。その下は、やっぱり普

通の下着だから、これもビショビショで、実はとっても気持ち悪かったりするのだ。

「それに、檜垣君が着るものなくなっちゃう」

「気にすることない。これでも、体には自信あるから」

ムンッと胸筋をそびやかし、明るく笑った檜垣に、つられて俺《おれ》も笑っていた。

遠慮《えんりょ》してた気持ちがス～ッと消えていく。

この人が生徒会長に選ばれた理由も納得《なっとく》出来る。ついつい親しみを覚えてしまうんだよね。

そして、頼《たの》もしく感じてしまう。

檜垣だけじゃない。国坂のことも……。

知り合ったのは、つい最近のことなのに、でも、もっとずっと前からの友達のような気がして、二人といると楽しかった。

「ほら、早くシャツ着て。それ以上、赤剝けが酷《ひど》くなったら困るだろう」

促《うなが》されて、借りたシャツに手を通せば、なんだかやたらデカくてブカブカしてる。

体格の違いを思い知らされたようで、ちょっと面白《おもしろ》くない。

おまけに、二人が必死で笑いをこらえているから、尚更《なおさら》面白くなくて、ついつい『ムゥ～ッ』と膨《ふく》れてしまったら、耐え切れないというように、二人は『プゥ～ッ』と吹き出した。

「酷い、笑うことないのにっっっ」

なんだか、昨日から、やたら笑い物になってる気がする。

まったく、俺はこの海に何をしにやってきたのだろう。

「ごめん、ごめん。野沢君が、あんまり可愛《かわい》いから」

「マジで、攫《さら》って逃げたくなったよ」

国坂と檜垣の言葉に、カッと顔が赤くなる。

そりゃ、遥という同性の恋人がいる俺だけど（つけくわえるなら、その恋人は、今現在、砂浜のアッチの方で水着美女を侍《はべ》らせてるけど）、でも、遥以外の男に可愛いなんて言われても、嬉《うれ》しくなぁ――いっ！

まぁ……、国坂と檜垣のことだから、どうせ俺をからかって楽しんでるだけだろうけど。

「それよりも、何か飲みに行こう、野沢君も喉《のど》が渇《かわ》いただろう」

「うんっ」

それはもう、ものすごくっ！

面白くない気持ちも忘れ、俺は国坂に大きく頷《うなず》いた。

それから俺達は、浜に立ち並ぶ飲食店の一軒《いっけん》へと入った。

「……あっ」

思わず声を上げた俺に、国坂と檜垣が振り向く。

「どうしたの、野沢君」

「ここ冷房が効《き》いてる」

水着姿の人を慮《おもんぱか》ってか、緩《ゆる》やかにしか効いてないけど、でも、涼《すず》しくて気持ちいい。

ずっとエアコンのない宿にいた俺にとっては、まさに天国。

でも、国坂と檜垣は、

「それが、どうかした？」

「普通じゃない？」

と、怪訝《けげん》な面持《おもも》ち。

そうだよね、普通だよね、今時エアコンのない宿の方が普通じゃないんだよね（泣くっ）。

「なんでもないんだ、それより飲み物、飲み物っ」

ということで、早速《さっそく》適当なテーブルに着き、俺達は飲み物を注文した。

俺はコーラで、国坂と檜垣はアイスコーヒー。

飲み物はすぐに運ばれてきて、喉が渇いていた俺は、一気にそれを飲み干した。

「お代わりしようか」

「……えっ？」

そういえば、ご馳走《ちそう》してもらっていたのだと、カッと頬《ほお》が熱くなる。

「いえ、もう……」

十分ですと、答えようとしたその時、

『チクショォ――――ッ、目茶苦茶《めちゃくちゃ》腹減《はら》ってるぞぉ――――っ！』

俺の内で、目覚めた黄桜の声が。

不味《まず》いっ、と思ったそのとたん、

――キュルキュルルゥ〜〜〜〜ッ！

お腹が派手な音を立てた。押し寄せてくるのは、猛烈《もうれつ》な空腹感っ！

「飲み物より、ご飯の方がいいみたいだね」

国坂と檜垣は、『くくっ』と、笑いを噛《か》み殺してる。余程《よほど》、可笑《おか》しかったのか、その目許《めもと》には、しっかり涙が。

う〜〜〜〜っ、恥《はじ》だっっっ。

くれぐれも、他人に食べ物をねだってはいけないと、小杉や遥に注意されていたのに、こんなに、しっかり、はっきり、強引に、催促《さいそく》してしまうなんてっ。

……馬鹿《ばか》、馬鹿、馬鹿、黄桜の馬鹿ぁ。

なんだって、こんな間の悪い時に、起きたりするんだよぉっっっ。

心の中で、黄桜に抗議すれば、

『だって、俺、昨日の朝から何も食べてないんだぞっ』

確かにそれはお気の毒ではあるが。

『さしもの俺だって、腹減りすぎて、目も覚めるっての』

はい、はい、わかったから。後で、宿に戻ったら、ちゃんとしっかり、ご飯食べるから、だからここは、もう少し我慢《がまん》してっ。

『我慢できなぁ――――いっ！』

――キュルルルル～～～～～ッ！

黄桜の絶叫《ぜっきょう》よろしく、お腹がまた派手な音を。

国坂と檜垣が爆笑《ばくしょう》したのは言うまでもない（泣くっ）。

それから二人は、遠慮《えんりょ》する俺の言葉も聞かずに、次々と食べ物を注文した。

「いえ、もう、そんなっ……」

なんて、理性で遠慮してみたが、俺の内なる本能が、運ばれてくる料理の数々に手を伸ばし、そして次々胃袋《いぶくろ》に納めてしまう。

結局、ラーメンと、天丼《てんどん》と、カツ丼と、スパゲッティと、うどんを（流石、浜の飲食店だけあって、お品書きはバラエティーに富んでいると、ちょっと感心）ご馳走していただいたところで、ようやく黄桜の空腹は満たされたらしい。

『あ〜、美味《おい》しかった』

黄桜の満足そうな声がする。

『ところで、雅之。なんで、この二人がここにいるの？』

俺の目の前にいる国坂と檜垣を見て、黄桜は不思議そう。

『また、長野でキャンプしてるとか』

（違うよ、黄桜っ）

昨日の朝から冬眠状態に入っていた黄桜に、俺はこれまでの経緯《けいい》を説明した。

『ということは、さっきのご馳走は、みんな国坂がご馳走してくれたの？』

（そういうこと）

それなのに、黄桜ってば、遠慮なくあんなに沢山《たくさん》ご飯を食べてっ！

国坂や檜垣は、俺が一人で全部食べたと思っているに違いない。……いや、実際、俺が一人で食べたんだけど。

案《あん》の定《じょう》、二人とも『ご馳走様』をした俺を、呆然《ぼうぜん》と眺《なが》めている。

うっうっう……。情けない……。

「ずいぶんお腹が空《す》いていたんだね」

国坂の瞳《ひとみ》は、とっても同情的。

「ちゃんと、ご飯、食べさせてもらってたの」

同じく檜垣の瞳もとっても同情的。

きっと、欠食児童よろしく、満足にご飯を食べさせてもらえなかったのだろうと思われているのは確実だった。

「それにしても、野沢君のその小さい体のどこに、あのご飯が納まったのか、激しく疑問なんだけど」

「まったく、物理に喧嘩《けんか》を売っているとしか思えない」

……あのですねぇ。

「そういえば、野沢君は、誰《だれ》と一緒《いっしょ》にこの海に来たの」

「……えっ？」

いきなりの国坂の質問に、瞬間《しゅんかん》戸惑《とまど》った。

生徒会役員の合宿という名目で、この海に来たことを告げてもよかったが、でも、それはあくまで『名目』であって、実際は遊んでるだけって気がしないこともない。

「あ……あの、友達と」

「その友達は、女の子？」

檜垣の口元がニヤリと笑う。

「全員、男ですっ！」

慌《あわ》てて、否定すれば、

「こんな状態の野沢君をほったらかして、彼《かれ》らはどこで何をしているの？」

浜辺で、水着美女と……とは、流石に言えないものがある。

「そんな友達なんか放っておいて、これからは俺達と過ごさないか？」

「………えっ？」

身を乗り出した檜垣に、国坂までもが、

「よかったら、野沢君も僕《ぼく》の別荘《べっそう》においで。沢山ご馳走してあげるから」

と、俺の手をギュッと握り締《し》めてくる。

そして、黄桜はといえば、

『ご馳走《ちそう》ぉ――――っ！！』

俺《おれ》の内で、興奮している。

（落ち着け、落ち着くんだ、黄桜っ）

『いいじゃん、行こうよ、雅之。このまま遥達と一緒にいたら、俺、神経ズタズタになっちゃうよっ』

確かに、遥の内にはラファエルがいるわけで、そのラファエルに無理矢理《むりやり》ペットにされてる黄桜は、いつ天界へと連れ戻されるかわからないし、下手《へた》をしたら4（ぴ――――っ）なんて事態も控《ひか》えているわけだから、生きた心地がしないだろう。

だから、シカトを決め込んで、黄桜は冬眠モードに……。

お陰《かげ》で、目覚めた時の空腹感のすさまじさときたら……。

（でも、勝手についていったら、後で遥に怒《おこ》られる……）

その遥が今現在、俺をほっぽって、水着美女と戯《たわむ》れていることを思えば、なんだかそれって、すごく理不尽《りふじん》な気もするけど……。

『だったら、せめて、ご馳走くらいっっっ。だって、雅之が、遥達のところに戻ったら、また俺、冬眠しなきゃならないんだぞ。だったら、その前に、いっぱいご馳走食べておきたいじゃないかっ』

それって、マジで冬眠じゃん……。

『だから、お願い、ちょっとだけ。せめて遊びに行くだけでいいからさ』

（……うーん、でも……）

『遥の見えないとこに行きたいんだよぉ』

黄桜の言葉にドキンとなった。

——遥の見えないところに？

黄桜の言う『遥』とは、ラファエルという意味なのだとわかっていたけれど、でも、俺だって、女の子と仲良くしてる遥なんて見たくはない。

だから、部屋から飛び出して来た……。

当分、あの部屋には戻りたくなかった。

「あの……、本当に遊びに行ってもいいのなら、ちょっとだけ」

「もちろん、大歓迎《だいかんげい》だよ、野沢君」

俺の手を握る国坂の手に力がこもった。

「だったら、すぐにでも。タンデム出来るよね」

「タンデムって？」

もしかして、この二人、バイクで来てたとか。

でも、俺、バイクの後ろに跨《また》がったことなんかない。

「初めて？」

「ご……ごめんなさい」

「大丈夫、僕にしっかり摑《つか》まっていれば怖《こわ》くないよ」

「でも、俺、着替えて来ないと」

まだ遥達が、窓の向こうに見えるかもしれないことを考えれば、あの部屋に戻るのは嫌《いや》だった……。

でも、流石《さすが》にこんなズブ濡《ぬ》れの半ズボンと下着で、人様の別荘を訪ねるのは不味《まず》いのでは。

しかし、国坂は、

「気にすることないさ。別荘についたら洗濯《せんたく》してあげるから、乾くまで何か代わりのものを着ていればいい。僕の着替えならいくらでもあるからね」

「ついでに、俺の着替えも山程《やまほど》あるぞ」

言うが早いか、お金を払った二人は、俺の手を引き、店の外へと。

まるで、俺の気が変わらない内にでも、というような素早さに、やっぱり遠慮《えんりょ》したほうがよかったのでは、と後悔《こうかい》する気持ちが湧《わ》いてきたが、時すでに遅く、俺はメットを被《かぶ》せられ、バイクの後部シートに跨がされていた。

「しっかり掴まっているんだよ」

「はっ、はいっ」

今更《いまさら》、後には退《ひ》けなくなって、俺は国坂の腰《こし》に手を回す。

「役得だな、国坂」

自分のバイクに跨がった檜垣が、冷やかすように口笛《くちぶえ》を吹く。

それを無視して国坂は、

「そんなんじゃ駄目《だめ》だ。抱《だ》きつくように、もっとしっかり掴まらないと、途中《とちゅう》で振り落とされてしまうよ」

「ええっ！」

そんなことになったら、死んじゃうかもっっっ。

恐怖《きょうふ》に駆《か》られ、反射的にギュッと国坂の背に抱きつけば、とたんにバイクは走りだした。

ガクンと体が後にのけ反《ぞ》る。

振り落とされては敵《かな》わないと、俺は益々《ますます》しっかりと国坂にしがみついた。

軽快なエンジン音と、吹き抜けていく風は心地良いものだったが、しかし、右へ左へとカー

ブを曲がる度《たび》、マジで振り落とされるんじゃないかというほど体が傾いて、その度俺は、

「ひぇ〰〰っ」

「死ぬぅ〰〰っ」

と、情けない悲鳴を漏《も》らしていた。

そんな自分をみっともないと感じる余裕《よゆう》もなく、ただただしがみついているだけで必死だった。


ようやくバイクが止まった時には、マジで『助かったぁ〜っ』と神様に感謝していた。

ヨロヨロとシートから下りたとたん、膝《ひざ》が笑った。

転びそうになった俺に、国坂の腕《うで》が伸びる。

「怖かった？」

スポンと俺からメットを抜き取った国坂は困ったように微笑《ほほえ》んだ。

「いっ、いえっ、とっても爽快《そうかい》でしたっ」

目《め》一杯《いっぱい》の強がりで答えれば、『いい子いい子』と撫《な》でられた。

ううううっ、だから俺は、三歳児《さんさいじ》じゃないっていうのにっ。

なんだって、こうどいつもこいつも俺の頭ばっかし、撫でるんだぁ――――っ！

心の中で絶叫《ぜっきょう》すれば、

『尻《しり》を撫でられるよりはいいだろう』

と、黄桜のお言葉が……。

（……あのねぇ）

返す言葉は出て来なかった。

国坂の別荘《べっそう》は、山の中腹にあり、俺達が泳いでいた海を見下ろすように建てられた瀟洒《しょうしゃ》な洋館だった。

かなりバイクで走ったような気がしていたのだが、なんのことはない、歩いても、すぐに戻れそうな距離《きょり》にある。

続いてすぐに到着した檜垣と共に、洋館の中へと入れば、中もバリバリ洋風で、土足ＯＫ。

そんなに大きい建物ではなかったが、豪華《ごうか》でセンスのいい内装に思わず溜《た》め息《いき》が漏れた。

しかし、なんと言っても、今、一番の贅沢《ぜいたく》は、

「す……涼《すず》しい」

そう、館内全《すべ》てに空調が行き渡っているこの快適さ。

扇風機《せんぷうき》しかない上に、蚊《か》の猛攻《もうこう》付きの、あの宿とは偉い違いである。

あっちの宿よりは、こっちの別荘で残る日々を過ごしたいと、俺《おれ》が願ったとしても罰《ばち》は当たらないだろう。

「とりあえず、もう一度体を洗い流してから着替えた方がいいね。野沢君がバスを使ってる間に何か食べるものを用意するよ」

なんだか、いたれり、つくせりだ。

やっぱりついて来たのは正解だったと、俺は案内されるままバスルームへと。

「ゆっくりでいいからね」

と、俺に着替えのバスローブを手渡し、国坂が出て行った後、俺は手早く着ていたものを脱ぎ捨て、言われた通り脱衣《だつい》籠《かご》の中へと。

ずっと濡れたパンツで気持ち悪かったから、もうこれだけで、気分は爽快。

その上、バスルームの窓は前面を大きく取ったガラス張りで、大洋が一望出来て、爽快感も三倍増し。

ブクブク泡《あわ》の出ているお風呂《ふろ》に身を沈《しず》めれば、赤剝《あかむ》けになってるところが滲《し》みたけれど、それでも、体から塩分が綺麗《きれい》に取れていく感じは気持ち良かった。

「……まさに天国」

チラリと遥達のことが脳裏《のうり》を掠《かす》めたが、俺は慌《あわ》ててそれを振り払った。

あっちはあっちで、女の子達と仲良くしていればいいのだ。

「俺は、国坂達と仲良くするんだからなっ」

なんだか負け惜《お》しみみたいだと思ったけれど、そこは深く考えないことにしておこう。

石鹸《せっけん》で体を洗い流し、こころゆくまでお風呂につかったその後は、清潔でフカフカのバスローブ。

そういえば、因幡《いなば》の白兎《しろうさぎ》も、通りがかりの『大黒様《だいこくさま》』に助けられ、清水で海水を洗い流したその後に、ガマの穂《ほ》のフカフカに包まれて、それで治るんだったよね。

今の俺には、このフカフカのバスローブが、ガマの穂ということだろうか。

でも、あれは御伽噺《おとぎばなし》で、これは現実。バスローブに包まれたくらいじゃ、赤剝けは治らない。

ソ〜ッとバスローブに袖《そで》を通してみたが、昨日よりも悲惨《ひさん》なことになっている赤剝けの肌には、そのバスローブの感触《かんしょく》さえもが、辛《つら》いものだった。

出来るなら、パンツ一枚で転がっていたいけれど、人様の別荘ではそれは無理。

せめてもの慰《なぐさ》めは、国坂が用意してくれているご馳走《ちそう》だ。

気合いを入れて、キュッと腰紐《こしひも》を結び、俺はバスルームを後にした。

………でも。

下着を着けていないから、なんか腰の辺《あた》りがス〜ス〜するんですけど（トホホ）。

一階は部屋らしい部屋はリビングダイニングルームだけなので、迷うことなく、俺は国坂と檜垣の元へと。

ダイニングテーブルの上には、すでに美味《おい》しそうなご馳走の数々が。

『ラッキーッ！』

俺の内で、黄桜のはしゃいだ声がする。

どうでもいいけど、『ラッキー』って、『ウッキー』と似てる。

『俺は、お猿《さる》かっ！』

思ったことが、うっかり伝わってしまい、俺は慌てて心の中で『違う、違う』と手を振る。

（黄桜はお猿じゃなくて、悪魔、悪魔さんだよ）

それも、とても優しい悪魔だ。いつもお腹《なか》を空《す》かせてて、非力なのが玉に瑕《きず》だけれど。

「背中の具合はどう？」

バスルームから出て来た俺に気付いて、国坂と檜垣が振り返る。

「うん、ちょっとヒリヒリするけど、でも海水洗い流して、ちゃんと着替えたから」

「脱いだ服は、すぐに手伝いの者がクリーニングしておくから」

「なんだか悪いみたい」

「気にすることないよ」

「この料理もお手伝いさんが？」

「ああ、これは僕《ぼく》と檜垣が作ったの」

「ええっ！」

驚いた声を上げてしまった俺に、国坂と檜垣は『まかせなさい』と言うように、親指を上げた。

「まだまだお腹が空いているんだろう。遠慮《えんりょ》なく召し上がれ」

「いただきま〜すっ！」

『いただきま〜すっ！』

見事にハモッた、俺と黄桜だった。

「でも、その前に」

ダイニングテーブルへとダッシュしようとした俺の襟首《えりくび》を、国坂が後ろから捕まえた。

「手当を先にしようね」

「………えっ？」

黄桜が『やだやだやだっ、ご飯が先の方がいいっ』と暴れている。

でも、それを薄情《はくじょう》と責めることは出来ない。

アノ時以外の痛感は、黄桜には伝わらないらしいので、黄桜には俺の悲惨な状態が、まだわかってはいないのだ。

「さぁ、そっちのソファーに横になって。薬を塗《ぬ》るから」

言われた通り、ソファーの上に俯《うつぶ》せた俺に、

「ちょっと、肩《かた》をはだけるよ」

国坂の手が俺のバスローブに掛かる。そのまま下へと引き下ろされて、摩《す》れる感覚に、思わず呻《うめ》き声が漏《も》れた。

「ごめん、痛かった？」

「ううん、大丈夫」

「なかなか、意味深《いみしん》な光景だな」

遠巻きに見ていた檜垣が、指のフォーカスの真似《まね》をする。

やっぱりこの人、頭の中も吉村と一緒《いっしょ》かも、なんて呆《あき》れていたら、

「……………あっ」

薬をともなった国坂の指が背に触《ふ》れた。

ピクンと体が震《ふる》えて、何故《なぜ》だかそれを恥《は》ずかしく思った。

「大丈夫、優しくするから」

「う……うん」

言った通り、国坂の指の動きは優しかった。滑《なめ》らかな指先が労《いたわ》るように、俺の背を這《は》う。

それは昨日の遥の指を思わせた……。

『ちょっ……雅之、何カンジてるんだよっ』

（ええっ！）

べっ……別に俺、感じてなんかいない……はずだけど。

「……くっ」

恥ずかしいところが、ズキンと疼《うず》く。

黄桜の感覚が、こっちの方にまで伝わってきたらしい。

（き……黄桜。駄目《だめ》……感じちゃ駄目っ）

『俺だって、好きで感じてるわけじゃないっ。雅之が感じたりするから、だから俺までっ』

どうしてくれるのだと、黄桜は涙声で訴《うった》える。

今現在ラファエルに激しく愛されている黄桜だが（本人は、激しく虐《しいた》げられていると思っているらしいが）、男は目茶苦茶嫌《めちゃくちゃきら》いらしい。俺だって、遥以外の男なんか冗談《じょうだん》じゃないはずなのに、それなのに……。

国坂の指の動きに、遥を重ねてしまったのだろうか。

昨日、遥に愛撫《あいぶ》された記憶《きおく》が、まだ体に残ってる？

………だから？

『馬鹿《ばか》、馬鹿、雅之の馬鹿ぁ――っ、なんとかしろぉ――っ！』

なんとかしろと言われても、俺《おれ》だって好きで感じてるわけじゃない。

実際、感じてることになんて気付かなかったのに、それなのに、黄桜が敏感《びんかん》に反応するから、
だから、嫌《いや》でも気付かざるを得ない状況になっちゃったんじゃないかっ！

でも、マジでなんとかしないと、俺が感じていることが、国坂にバレてしまう。

「もういいっ、もういいからっ！」

俺は国坂の指から逃《のが》れるように、大きく身をよじり、そして、勢いよくバスローブの襟を引き上げた。

「……ひっ！」

赤剝《あかむ》けが擦《こす》られた痛みに、ジンワリ涙が浮いてくる。

「大丈夫かい、野沢君」

「だっ……大丈夫です」

痛みに気が紛《まぎ》れたおかげで、体の奥に感じていたアヤシイ疼きも納まった。

情けない事態に陥《おちい》らなくて良かったと、俺はホッと息を吐き出した。

「まだ、手当が途中《とちゅう》だけど」

「あっ、あの、宿に戻れば、赤剝けの特効薬があるんで、それを塗ればすぐ治りますから」

例の腐《くさ》ったような緑色の軟膏《なんこう》を思い出す。

本当にあんなものが効《き》くのかイマイチ不安は残るけれど。

そういえば、ソレを後ろにも塗られたのだった。

余計なことまで思い出し、カッと体が熱くなる。また、黄桜と快感がシンクロしては敵《かな》わないと、俺は慌《あわ》ててソファーから起き上がり、ご馳走《ちそう》の並んだテーブルへと。

今は黄桜の意識の全《すべ》てを、ご飯に向けてもらわなければっ。

「いただきまぁーすっ」

『今度こそ、食うぞぉ――――っ！』

俺の食欲に驚き呆れている国坂と檜垣の視線も気にせず、俺はモクモクと料理の数々を口に運んだのだった。

結局テーブルの上のご馳走は、俺一人（&黄桜）で食べたようなもの。

国坂と檜垣の二人は、最初から酒盛りを始めたので、それほど食べなかったのだ。

途中から俺もお酒を勧《すす》められ、断わり切れずに杯を重ねるうち、すっかり酔《よ》っ払《ぱら》っていた。

椅子《いす》に座っているのも億劫《おっくう》になってきて、ついズルルッと体が傾《かし》いだ俺に、慌てて国坂が駆《か》け寄ってくる。

「大丈夫かい、野沢君」

「もちろん、らいじょ〜ぶれすっ」

あの程度のお酒くらいで酔っ払うものかと、俺はキッパリ頷《うなず》いたが、しかし呂律《ろれつ》がかなり怪《あや》しくなっている。

「とりあえず、ソファーに横になったほうが」

国坂は、さっきのソファーへと俺を促《うなが》した。

「さぁ、横になって」

手を借りて横になれば、

「…………」

何やら急に黙り込んでしまった国坂。その顔がどんどん赤くなり、そしてその視線は一点で固まっている。その視線を辿《たど》った俺は、

「……げっ！」

思わず絶句。

バスローブの裾《すそ》が大きく開いて、股間《こかん》が晒《さら》しモノになっていた。

そういえば、パンツをはいてなかったんだ。

「見ちゃ駄目っ！」

俺は、慌てて裾を合わせた。

………ちくしょう、目茶苦茶恥ずかしい。

「見てない、見てないよ」

国坂はわざとらしく、首を横に振ったが、見られてしまったことは確実だ。

「なになに？　何を見てないって」

檜垣までもが面白《おもしろ》そうにやってきて、身の置場のなくなった俺は、

「ちくしょうっ、こうなったら、とことん呑《の》んでやるっ！」

――パチパチパチ

檜垣と国坂の拍手が起こった。

それからは、場所をリビングテーブルに移し、三人でとことん呑むことに。

話し上手《じょうず》で話題も豊富な国坂と檜垣のせいでお酒も進み、なんだかやたら楽しい時間が過ぎた後、ハッと気がつけば、外はトップリ暮れていた。

「いっ、今、なんじれすかっ！」

焦《あせ》って国坂に聞けば、

「八時を過ぎたところだけど」

「は……八時っ！」

ということは、宿の夕飯の時間を大きく過ぎている。

遥達に黙ってここに来てしまったのだ。夕飯の時間になっても戻って来なければ、流石《さすが》に心配するだろう。

「え〜と、え〜と」

だから、どうすればいいのかなんて、酔っ払った頭じゃ考えつかない。

「友達のことを気にしているんだね」

「そう……、そんなんれす。早く帰らなくちゃ。俺、時間のことすっかり忘れてて……」

「僕《ぼく》の方も野沢君と過ごす時間が楽しくて、つい時間のことを忘れていた。ごめんよ」

「しかしだっ」

檜垣が俺と国坂の間に割って来る。

「そんなに酔ってちゃ、もう帰るのは無理だろう。どうせ、もうこんな時間だし、今夜は大人《おとな》しくここに泊まって、明日の朝帰ればいいさ。友達のところには、ちゃんと連絡《れんらく》してさ」

「は……はぁ…」

確かに、こんなに酔っ払ってたら、バイクにタンデムするなんて無理だ。

体に力が入らないから、マジで振り落とされてしまう。それに、タンデムしようにも、国坂も檜垣もすっかり酔っ払ってるから、バイクなんて運転出来ないだろうし。

「……ううっ」

どうしようと、途方《とほう》に暮れれば、

『いいじゃん、雅之。泊まっちゃえば』

と、黄桜のお気楽の声。

『ここなら、遥もいないから、俺も安心して眠れるし。それに今更《いまさら》帰ったって、どうせ結果は一緒《いっしょ》だろう』

（……たっ、確かに、そんな気も……）

それに、どうせ宿に帰っても、暑いし、蚊《か》はいるし、今夜もきっと眠れないに決まってる。

ただでさえ寝不足《ねぶそく》なのに、また今夜も眠れないなんてことになったら、俺、完璧《かんぺき》に体力無くすかも。

ここに泊まれば、空調はバッチリ効《き》いてるし、蚊もいないからグッスリ眠れるだろうし……。

『だから、いいじゃん。今夜はここに泊まっちゃえ、泊まっちゃえ。そしたら、また明日ご馳走が食べられるんだぞ』

（黄桜、あのねぇ……）

そういう問題じゃないんだけれど、黄桜にとっては、それが一番の問題みたい。

……ま、いいけどね。

とりあえず、遥達に連絡してから、どっちにするか決めようと、俺《おれ》は国坂から電話を借り、話を聞かれないようにと廊下《ろうか》へ出た。俺の『友達』が、生徒会役員だと今更気付かれるのも不味《まず》かったから。

そして番号案内で『ちどり』の電話番号を調べた後、電話をかけ、遥達を呼び出してもらったのだが……。

「えっ……いない？　いないって一体……？」

どういうことと考えて、ハッとなった。

例の浜辺で戯《たわむ》れていた水着美女達だ。もしかして、三人揃《そろ》って、その女の子達の宿泊先に遊びに行ったのだっ！

やっぱり、俺のことなんかどうでもよかったんだ……。

だったら、俺だって、勝手にやるだけだっ！　いいんだ。

一応、宿の人に、『今夜は知り合いのところに泊まるから戻らない』との伝言を残し、電話を切った。

そして、国坂達のところに戻り、キッパリと言った。

「今夜は俺を、ここに泊めて下さいっ！」

「大歓迎《だいかんげい》だよ、野沢君」

「よく言った、野沢君」

——パチパチパチ

と、またしても、国坂と檜垣の拍手が。

こうなったら、自棄糞《やけくそ》だっ。意識を失うまで呑んでやるっ！

「お代わりっ！」

俺はグラスをグッと握り締《し》め、国坂達へ突《つ》き出した。

……そして。

そして、どうなったのだろうか？

ユラユラと揺《ゆ》れる感覚に意識がぼんやりと戻った。

なんだか、海の中にいるようで、すごく気持ちいい……。

うっすらと目を開けた俺に、

「そのまま眠っていなさい。今、ベッドに運んであげるから」

聞こえてきたのは国坂の声。

俺は国坂の腕《うで》に抱《だ》かれて運ばれていた。

「……あの……俺……」

一人で歩けるからと、国坂の胸に腕を突っ張ろうとしたけれど、まだ意識の全てが目覚めていないのか、全然体に力が入らない。

「……檜垣君は？」

「潰《つぶ》れて、下のソファーで眠っているよ」

ということは、真面目《まじめ》そうな顔はしていても、檜垣よりも国坂の方が酒豪《しゅごう》ってこと？

「さぁ、着いた。客用の寝室《しんしつ》だから、遠慮《えんりょ》しないでグッスリお休み」

国坂は突き当たりの部屋の扉《とびら》を開けると、暗がりの中、俺をその部屋のベッドの上へと下ろした。

「でも、バスローブのままじゃ寝苦しいかな。何か着替えるものを持って来ようか。それとも

「……」

国坂は、そこで言葉を切ると、横になってる俺の耳元に唇《くちびる》を寄せ、

「それとも、裸《はだか》で眠る？」

と、囁《ささや》いた。

吐息が耳朶《じだ》をくすぐり、瞬間《しゅんかん》、ザワッと体が震《ふる》えた。

「…あ……、あ……、あの」

国坂の手が、バスローブの裾《すそ》を割り、ス～ッと俺の足を這《は》い上がってくる。

もしかしなくても、これって、かなりやばい状態？

国坂から逃《のが》れようと身を捩《よじ》れば、却《かえ》ってグイッと引き寄せられた。

「僕が手当をした時、感じていたね」

「……ええっ！」

まさか、気付かれていたなんてっ！！！

「嬉《うれ》しかったよ」

「あっ……あれはっっっ」

決して国坂に感じたんじゃない。遥の事を思い出したから、だから、それで……。

「君は竹井さんのものだって知っていたから、だから本気で手を出すつもりなんてなかったの

に、それなのに、あんなに可愛《かわい》い反応してくれるから、だから抑《おさ》えが効かなくなった。好きだよ、野沢君」

国坂の唇が、ゆっくりと近付いてくる。

「……やっ、やだっ！」

俺は必死で顔を背《そむ》け、そして心の中で絶叫《ぜっきょう》した。

（黄桜っ！　黄桜ぁ——っ！　なんとかしてくれぇ——っ！）

『……ん…にゃぁ…。どうした、雅之』

多分、それまで寝ていたのだろう。やけに間延《まの》びした黄桜の声が。

（頼《たの》むから、国坂をなんとかしてくれぇ——っ！）

『……えっ？』

ようやく黄桜も状況を把握《はあく》出来たらしい。

まさに、国坂の唇と、俺の唇がくっつきそうになったその瞬間！

『いっただきまぁ〜す』

俺の体は、俺の意志とは関係なく、国坂の首筋をかき抱き、そして、

――ムチュ〜〜〜〜ッ！

（きぃざぁくぅらぁ――――っ！）

叫《さけ》びは、声にはならなかった。

何故《なぜ》ならば、国坂に唇を塞《ふさ》がれていたから。いや、俺が国坂の唇を塞いでいたからか。

ちくしょぉ――っ！　なんだって、俺が国坂なんかとキスしなきゃいけないんだっ！

『ごめん、雅之。目茶苦茶《めちゃくちゃ》お腹空《なかす》いてたから、だからつい……』

つい、で好きでもない男とキスなんか出来るかっ。それに、ご飯なら、

（あんだけ、死ぬほど飲み食いさせてもらったじゃないかっっっ）

『でも、俺達霊体《れいたい》は、有機質だけじゃ、本当の意味で、空腹は満たされないんだって、わかってるだろう』

（わかってるよ、それはもう、過去、嫌《いや》になるほどの経験で、よぉ〜く、わかってる）

黄桜達霊体は、この地上界に存在するだけでも、それなりの霊気《れいき》を消耗《しょうもう》する。霊気が弱くなれば、魔力《まりょく》を使うことも出来なくなるし、実体をまとうことも出来なくなる。だから、その霊気を補う為に、人間から精気を吸収しなきゃいけないんだって。

でも、黄桜は、人間から精気を奪うのが、あまり得意じゃないから、だから、より効率的に吸収するために、唇と唇を合わせなきゃ駄目《だめ》だってことも。

二重の意味で空腹を感じる黄桜を気の毒だとは思う。

思えば、ずっと子豚《こぶた》にされてた黄桜だから、その間、人間から精気を吸収することが出来なかったことを思えば、目茶苦茶、そっちの意味でも空腹だったことはわかる。

でも、精気なら、俺《おれ》から吸収しろって、いつも言ってるじゃないかっ！

それなのに、こんな状況で国坂から奪ったりしたら、絶対、絶対誤解されてしまう。

そして、後で絶対面倒《めんどう》なことになってしまう。

（どうしてくれるんだ、黄桜の馬鹿《ばか》ぁ――――っ！）

『だって、寝惚《ねぼ》けてたから、そんな面倒臭《くさ》いことまで気が回らなかったんだよ。目が覚めたらいきなり唇があったから、つい理性が崩壊《ほうかい》して吸い付いちゃったんだもん』

（寝惚けてたってねぇ……）

それでいきなり、唇に吸い付くか、普通《ふつう》？

それに相手は、国坂。つまり、男だぞっ（泣くっ）。

『俺だって、余程《よほど》餓えてなきゃ、男の唇になんか吸い付きたくないやっ』

（だったらいい加減、この手を放せぇ――――っ！）

ちなみに、『この手』というのは、国坂の首筋にしがみついてる俺の手のことである。

『いま放そうと思ってたとこっ』

黄桜の言葉も終わらない内に、俺の手は自由になった。

慌《あわ》てて腕《うで》を振りほどけば、

――――ズズッ

国坂の体が俺の上へと崩《くず》れ落ちた。

「……黄桜……まさか」

『ごめん、お腹が空いてたから、ついタップリと……』

タップリと精気を吸収してしまったと。

お陰《かげ》で国坂は失神してしまったらしい。

過ぎてしまったことは仕方がないし、それに、国坂が失神してくれたお陰で、俺は助かったようなものだし、これ以上黄桜を責めては可哀想《かわいそう》というものである。

どうせ、国坂の精気だって、朝まで眠れば、元に戻っているだろうし。

……問題は。

「俺、これからどうすればいいんだろう」

こんなことがあった以上、もう国坂とは顔を合わせられない。

自分の方からキスをした理由を尋ねられても答えられるわけがない。

あれはキスじゃなくて、『食事』でした、なんて言っても、黄桜の存在を知らない国坂が納《なっ》得《とく》するとは思えない。もちろん、そんなこと言うつもりもないけれど。

「……宿に戻るしかないか」

国坂に襲《おそ》われたショックで、酔《よ》いも吹っ飛んだし。

『え〰〰〰っ』

黄桜が不満そうな声を漏《も》らす。

でも、ここにいられなくなった原因を作った責任を感じているのか、それ以上、何も言わなかった。

………まぁ、一番の原因と言ったら、国坂に薬を塗《ぬ》ってもらった時、感じてしまった俺なんだけど。あの時、遥とのことを思い出したりしなければ、感じたりしなかったろうし、感じたりしなければ、国坂だって、道を踏《ふ》み外《はず》すような真似《まね》はしなかったろう。

「そうと決まれば」

俺が眠るはずだったベッドに国坂を寝かせ、着替えを求めて、バスルームへと。

パンツと半ズボンは、お手伝いの人がクリーニングしてくれたはずだから、きっとそこにあるはずだ。

思った通り、俺の服はバスルームの棚《たな》の上に、綺麗《きれい》に畳《たた》んで置いてあった。

俺が借りてた檜垣のシャツもあったので、申《もう》し訳《わけ》ないとは思いつつ、またそれを借りることに。

こんな時間では、きっと逍達も眠っているだろう。

だったら、朝まで俺がどこで何をしていたかを、問いつめられることもないだろう。

朝までに、何か上手《うま》い言い訳を考えておけばいいのだ（そんなものが、あればの話だが）。

一応、国坂と檜垣宛《あ》てに書き置きを残し、俺は静かに国坂の別荘《べっそう》を後にした。

舗装《ほそう》してあるとはいえ、暗い山路を歩くのは、ちょっと恐《こわ》かったが、俺の内に悪魔がいることを思えば、幽霊《ゆうれい》や亡霊《ぼうれい》を恐がるのも、なんか変。

海までは歩いても帰れない距離《きょり》じゃないし、ずっと下り坂だから、宿に帰るのは楽なはずだった。でも、まだ大分お酒の残ってる体では、下りも上りもない感じ。

俺の内から出てきた黄桜に肩《かた》を貸してもらい、途中《とちゅう》何度もへこたれそうになりながらも、それでも海を目指して歩き続けた。

ようやく海辺へと辿《たど》りついた時には、足も腰《こし》もヘロヘロで、汗ばんだ体がヒリヒリと痛んでいた。

「雅之、もうこの辺から一人でも大丈夫か？」

「うん、大丈夫」

今までは、人通りのない暗い夜道だったから、すれ違う人もいなかったし、いたとしても黄桜が悪魔だとは気付かれなかったろう。でも、この先からは外灯《がいとう》が点《とも》り、かなり明るい。黄桜を見られるわけにはいかなかった。

「ずっと肩を貸してくれてありがとう。黄桜も疲れただろう」

「何を水臭《みずくさ》いこと言ってるんだ。俺と雅之は一心同体だろ」

ニッコリ笑った黄桜に、ジ〜ンと胸の奥が熱くなる。

そう、俺と黄桜は、一心同体なんだよね。

「じゃ、また雅之の内に入っていい？」

黄桜の両手が、俺の体を抱《だ》きしめる。

「……あっ！」

そういえば、黄桜を受け入れる時には、唇《くちびる》と唇を合わせなければいけなかったのだ。

どうしてそうしなければならないかといえば、そうしないと黄桜が入ってこれないから。

「ちょっと待って、まだ心の準備がっっっ！」

「今更遅《いまさら》ぉ――――い」

『ウチュ』と唇と唇が触《ふ》れ合った瞬間《しゅんかん》、俺を抱きしめていた黄桜は消えていた。

『あ〜〜〜〜っ、やっぱり雅之の内が一番落ち着く』

「はいはい」

俺も黄桜が内にいてくれると、なんだかとっても安心するんだよね。

困る時もいっぱいあるけど、でもやっぱり、こうしていると安心するのだ。

俺は黄桜を抱きしめるように、自分の体を抱きしめた。

『じゃ、俺、寝るからあとはよろしく』

「あっ、自分だけズルイッ」

国坂の別荘であった、あんなこととか、こんなことを、俺一人で、どう遥に説明しろというのかっ。

しかし、とっとと冬眠モードに突入《とつにゅう》した黄桜からの返事はなかった。

「ううう、なんて優しい悪魔なんだ（ちょっと嫌《いや》み）」

それから俺は一人トボトボと残る道程を乗り越えて、なんとか『ちどり』に辿り着くことが出来たのだった。

時間が時間なので、静かに出入り口の戸を開けて、中へと一歩入った俺《おれ》は、

「………げっ！」

目の前に立ち塞《ふさ》がった人影にギョッとなった。

「今まで、どこをウロついていたんだっ！」

なんと、遥、小杉、吉村の三人が、仁王立《におうだ》ちに立っていた。

その額には、見事なばかりのタコマーク。三人がものすごぉ〜く怒《おこ》っているのは明白だった。

いつもは温厚な遥までもが、怒《いか》りに頬《ほお》を紅潮《こうちょう》させている。

まさか、俺の帰りをずっと、ここで待ってたとか？

でも、俺……。

「あ……あのっ、電話でちゃんと連絡《れんらく》したじゃないか。今夜は知り合いのところに泊まるからって。や……宿の人に、ちゃんと伝言を頼《たの》んだはずだけど」

「そんな伝言を聞いたかい、小杉」

遥は小杉を振り返る。

「いいえ、そういう内容のことは聞いていません」

「吉村は？」

「俺も聞いてないな。俺が聞いたのは、野沢は、今夜、知り合いのところで遊んで来るってことだけだ」

「遊んで来るだってぇ！」

いつの間に、『泊まる』が、『遊ぶ』にすり替わっちゃったんだよっ！

俺、そんなこと言った覚えなんかないのにっ。

「………あっ！」

そういえば、電話に出たのは、宿のお婆《ばあ》さんだった。

もしかして、お婆さんてば、耳が遠かったとか……。それで、俺の言葉を聞き間違えた？

………そんなぁ～～～～～～っっっ！！！

「まったく、夕飯の時間にも戻ってこないから、僕《ぼく》達は心配して捜《さが》し回ったっていうのに」

「ご……ごめん、遥」

もしかして、俺が宿に電話をした時、遥達がいなかったのは、水着美女のところに遊びに行ってたんじゃなくて、俺を捜し回ってたからとか（……タラリ）。

「とりあえず、帰ってきてみれば、『知り合いのところに遊びに行ってる』なんて伝言だ」

今度は吉村が非難がましく俺を見ている。

「まったく、野沢はちょっと目を離すと、ロクな男に引っかからないんだから。知り合いなんていうのは嘘《うそ》で、どうせフラフラしてるところをナンパされたんだろう」

「ちょっと待てっ、吉村！　なんで俺が『男』にナンパされなきゃいけないんだっ！」

「違うって言うのか」

「そ……それは、そのぉ……」

確かに俺がついてった相手は『男』だったが……。

でも、俺の相手が水着美女とか、ピチピチのコギャルとか、そういう発想は、俺には適用してもらえないんですかっ。

「雅之、本当に、行きずりの男の人について行ったのかい」

遥の瞳《ひとみ》が鋭《するど》く俺を見つめている。

「ちっ、違うっ、本当に知り合いに遭《あ》ったんだ。だから、それでっっっ」

「でもね、野沢君」

ううう、今度は小杉の攻撃《こうげき》だ。

「相手が通りすがりの男だろうと、知り合いだろうと、『遊びに行った』と聞かされれば、それなりの時間までには、帰ってくるだろうとこっちは思うよね。それなのに、君は帰って来なかった。何かあったのかと心配になるのは当然だろう。今、何時だと思っているんだ」

「ご……ごめんなさいっ」

こんな時間まで、俺を心配して待っててくれた三人の気持ちを思えば、申《もう》し訳《わけ》ない気持ちでいっぱいで、俺は三人に向かい両手を合わせた。

「でも、俺、本当に、遥達が待ってるなんて思わなかったんだ。だって、俺、宿のお婆さんには、ちゃんと『今夜は知り合いのところに泊まるから』って伝言を頼んだんだもん」

「泊まるから……だって？」

遥に問われて頷《うなず》けば、

「…………」

「…………」

「…………」

三人が三人とも難しい顔をして、黙り込んでしまった。

俺、何か不味《まず》いこと言いましたっけ？

「あ……あの……」

「遥さん」

小杉が遥を振り返る。

「とりあえず、宿を移ってから、ゆっくり話し合われたほうが」

「ああ、そうだね」

「宿を移るって、どういうこと？」

俺、そんなこと、全然聞いてなかったんですけど。

「雅之には言わなかったけれど、今夜から『ちどり』の新館に移ることになっていたんだよ。ここはここで好きだけれど、流石《さすが》に、合宿中を、ずっとここで過ごしたのでは、雅之が可哀想《かわいそう》だからね」

「それならそうと言ってくれたらよかったのに」

また、俺だけ仲間外れにされていたのだと、ちょっとムカッ！

「その方が雅之が喜んでくれると思ったんだよ」

「そうそう、野沢は単純だからさ。最初から新館じゃ、こんなものかで終わっちゃうだろうけど、ずっとここだと思ってたのが、いきなり綺麗《きれい》な新館に移れたら、きっとハシャギ回るだろう。そんな野沢が見たかったのさ。まぁ、俺としては、キャンプよろしく、ずっと野沢と枕《まくら》を並べて寝ていたかったんだけど、竹井がおっかないからね」

吉村はパチンと一つウィンクして見せた。

「限られた予算でしたから、どう有効に使おうかと、これでも君の為に色々考えたんですよ、野沢君。吉村の『枕を並べて』という希望もありましたし」

さも、感謝しろとでも言うような小杉の言葉に、思わず『ありがとうございます』と、頭を下げていた。

でも本当は、嬉《うれ》しいんだか、悲しいんだか、よくわからない。

新館に移れると知ってたら、エアコンと蚊《か》のいない夜を目当てに（もちろん、それだけじゃなかったけれど）、国坂の別荘《べっそう》に泊まろうなんて思わなかった。

そしたら、あんな悲惨《ひさん》な目に遭うことだってなかったのだ。

「もう、荷物は移してあるから、このまま新館に行くよ。おいで、雅之」

遥に手を引かれ、俺は『ちどり新館』を目指した。

綺麗なホテルに移るというのに、何故《なぜ》だか気分は刑場に引き立てられていく罪人だった。

本家のちどりから、それほど離れていないところにある、ちどり新館は、名前からは考えられないほど、近代的でお洒落《しゃれ》なホテルだった。

最初からここへ連れてきてもらっても、俺は絶対喜んだろうと思うほど。

一泊目を、本家ちどりにしたのは、絶対に吉村と小杉の陰謀《いんぼう》によるものとしか思えない。

吉村の説明によれば、本家ちどりの方は、ホテル経営を子供達に任せた老夫婦が、昔を偲《しの》び趣味《しゅみ》でやってるようなものということだった。

あの寂《さび》れた雰囲気《ふんいき》がいいということで、それなりに固定客もいるのだと聞いて、ちょっとビックリ。

すでにチェックインも済んでいたので、俺達《おれたち》はそのままエレベーターで最上階へと。

今度は、二人部屋らしく、俺と遥が同室で、吉村と小杉は隣《となり》の部屋だった。

「遥さん。僕達はこれで」

「ああ、雅之のことで、色々心配をかけてしまって済まなかった。でも、もう大丈夫、雅之には僕がついているから」

「……はい」

小杉は、無表情で頷いた。

「どうでもいいけど竹井、野沢をあんまり泣かすんじゃないぞ」

「それは、雅之次第ということかな」

「ええっ！」

チロンと遥に見つめられ、思わず鳥肌がっ。

さっき、あれ程《ほど》怒《おこ》られたのに、まだ怒られなきゃいけないんだろうか。

そういえば、俺、まだ肝心《かんじん》のことを話してない。誤魔化《ごまか》せるものなら、誤魔化してしまいたいけれど、相手は遥だし、こんな状況じゃ絶対無理だ。

――神様、神様、神様！

どうぞ、あんまり叱《しか》られませんようにと、心の中で十回位、十字を切って、俺は小杉達と別れ、遥と部屋の中へ入った。

「うわぁ、すごい、綺麗な部屋」

緊張感《きんちょうかん》も忘れるほどの贅沢《ぜいたく》な内装に、思わず感嘆《かんたん》の声を上げてしまった。

贅沢は出来ないと言われていたのに、いいんだろうか、こんないいホテルに泊まっても。

ついキョロキョロと部屋の中を見回していると、

「雅之、こっちにおいで」

遥の硬《かた》い声がした。

その声に、一気に緊張感が蘇《よみがえ》る。俺は恐《おそ》る恐るベッドに腰《こし》掛《か》けた遥の前に立った。

「伝言の行き違いがあったことはわかった。雅之は無断で遅くまで遊んでいたわけじゃなかったんだって」

「……うん」

「それで、今までどこに行っていたの」

核心に近付いてきた質問に、ゴクリと喉《のど》が鳴る。

「知り合いのところに」

「こんなところに、偶然《ぐうぜん》雅之の知り合いがいたのかい？　わざわざ遊びに行くほど親しい知り合いが？」

疑わしいと言いたげな遥の口調に、俺はついムキになって答えていた。

「だって、いたんだからしょうがないじゃないか」

「誰《だれ》？　僕《ぼく》の知っている人？」

真《ま》っ直《す》ぐに見つめられ、再び喉が鳴る。

やっぱり、遥相手に嘘《うそ》や誤魔化しは通用しない。

「あの……、第二の生徒会長の檜垣君と、副生徒会長の国坂君」

「……そう」

遥は特に驚いた様子もなく、難しい顔で頷いた。

「それで？」

話の先を促《うなが》され、俺はしどろもどろに、これまでの経緯《けいい》を説明した。

「国坂君の別荘が近くにあるから、だから遊びに来ないかって誘《さそ》われて、それでつい……」

「ついて行ったと言うわけだね」

「……うん」

「雅之、確か長野の合宿に行った時も注意したはずだよね。怖《こわ》いお兄さんにはついて行ってはいけないよって。その注意を守らなかったね」

「ご……ごめんなさいっ！　でも、檜垣君と国坂君には、長野に行った時も、何かと親切にしてもらったし、それに……」

「それに、何？」

「その時、遥達は、浜辺で水着美女に囲まれてて、俺のことなんかどうでもいいみたいだったから」

あの時の、惨《みじ》めな気持ちを思いだし、じんわり涙が込み上げてきた。

「だから、ついて行ったなんて言うんじゃないだろうね」

遥の手が、グッと俺の腕《うで》を摑《つか》んだ。そのあまりの力強さに、俺は正直恐怖《きょうふ》を感じていた。

「痛い、遥」

「また、僕のことが信じられなくなった？　長野での藤倉《ふじくら》の時みたいに、僕が雅之よりも水着の美女を選んだとでも思ったのかい」

「違うっ！」

「だったら、何故そんなことを言うの？　僕の気持ちなら、もう何度も雅之に伝えているはずだ。それなのに、僕の気持ちが信じられない？」

「違うって言ってるっ！」

遥の気持ちが信じられなかったわけじゃない。

「女の子と楽しそうにしている遥を見てるのが嫌《いや》だったんだ。男なら、やっぱり相手をするなら男よりも女の子の方がいいのが普通《ふつう》じゃないか。でも、俺は女の子じゃない。自分は男なんだってこと、今まで意識したことなかったから、だから、ショックだった」

「……雅之」

「昨日あんなに、俺のこと……愛してくれたのに、それなのに、その翌日には女の子と楽しそうにしてる遥を見て、俺、どうしていいかわからなくて、それで部屋を飛び出した」

「嫉妬《しっと》してくれたんだね」

俺の腕を掴んでいた遥の手が離れた。

俺に向かい、遥が両手を広げる。

「おいで、雅之」

「……遥」

たまらなくなって、俺はその腕に飛び込んでいた。

「好きだ、好きだよ。俺、遥のことが大好きなんだっ！」

「僕だって雅之のことが大好きだよ」

「だったら、どうして女の子と」

「昨日みたいに、また雅之と二人きりになりたかったんだ」

遥の頬《ほお》が微《かす》かに染《そ》まる。

「それなのに小杉と吉村が、眠っている雅之を起こしたら可哀想《かわいそう》だって、邪魔《じゃま》をして中々僕を部屋に戻らせてくれない。だから、女の子達が寄って来たのを幸いに、小杉と吉村を押しつけて僕だけ部屋に戻ろうと思ったんだけれど」

「……えっ？」

それであんなに愛想《あいそ》良《よ》くしてたのだろうか？

それを俺ってば、また勘違《かんちが》いしてしまったという………（タラリ）。

「しかし、敵もさるもの。小杉や吉村も同じことを考えていたらしくて、お互いに押しつけ合ってる内に時間が過ぎて、ようやく不毛な争いに見切りをつけ、三人揃《そろ》って部屋に戻った時には、もう雅之はいなくなっていた」

「……ご……ごめんなさい」

「ところで、雅之。このシャツは雅之のものじゃないよね」

ツンと遥の指が俺の着ていたシャツを引っ張る。

「……あ……あの。檜垣君のを借りてきたんだ」

「どうして？」

「俺《おれ》、部屋を飛び出して、そのまま海に飛び込んじゃったんだ」

「なんだって！　そんな体で、どうして、そんな無茶なことをっ！」

「ごっ、ごめんなさい」

とてもじゃないが、それで溺《おぼ》れかけたことまでは、怖《こわ》くて言えないっっっ！

「見せてごらん」

遥の指がシャツのボタンを次々外し、そしてスルリとそれを俺から剝《は》ぎ取った。

「かなり酷《ひど》くなっている」

俺の赤剝《あかむ》けになってる肌を見て、遥は痛ましそうに眉《まゆ》をひそめた。

「ラファエルが戻ってきたら、その癒《いや》しの力で治してもらおうね」

「……えっ！」

戻ってきたらって、それじゃ遥の内にラファエルはいないってこと？

「いっ、いつから？　いつからラファエルはいないの？」

「長野に黄桜を迎《むか》えに来た翌日には、もう天界に戻って行ったよ。忙しいから、また出直してくるってさ」

「……それじゃ」

『それじゃぁ、なんの為に俺が冬眠してたかわかんないだろうぉがぁ――――っ！』

いつの間に目覚めていたものか（もしかしたら、最初から寝《ね》てなかったのかもしれないが）、遥の言葉に、黄桜が絶叫《ぜっきょう》する。

『ちくしょ――っ！　冬眠さえしてなかったら、もっと美味《おい》しいもの沢山《たくさん》食べられたし、雅之とももっと遊べたのにっ！』

「は……ははは……は」

気の毒過ぎて、笑うしかないって感じ。

でも、そうすると、昨日のあのハードな愛情表現は、やっぱり遥の本性ということに？

そして、やたら敏感《びんかん》に俺の体が反応していたのは、……俺自身のせいということに？

「……嘘《うそ》」

受け入れがたい二つの事実に、思わずタラリだ。

『あのクソ馬鹿《ばか》天使がいないとわかった以上、もう遠慮《えんりょ》なんかするものか。こうなったら、ジャンジャン、美味しいものを食べて、人間の精気だって吸っちゃうもん』

「こらこら、黄桜」

精気なら、俺の分だけで我慢《がまん》しておきなさいと、心の中で注意すれば、

「ちょうどいい、ラファエルが戻ってきたようだ」

と、遥の声が。

「……えっ！」

『ええええっ！』

冗談《じょうだん》じゃないっ！　と、黄桜が絶叫する。

ラファエルがいないとホッと安堵《あんど》したとたんの、この展開では黄桜がパニックするのも無理はないというものだ。

微かな羽音が聞こえたような気がしたとたん、いきなり目の前に、白銀の熾天使《してんし》が現れた。

二メートル以上もあろうかという長身に、長い長い銀色の髪《かみ》。瞳《ひとみ》は紫《むらさき》水晶《すいしょう》で、肌は透《す》けるように白い。

その背には熾天使の証《あかし》である、六枚の白銀の翼《つばさ》が。

『ゲッ！　ラファエルッ！』

心底嫌《いや》そうに、黄桜は潰《つぶ》れた悲鳴をあげる。

「数日振りだな、雅之。そして、黄桜！」

慌《あわ》てて冬眠モードに入ろうとしていたらしい黄桜は、ラファエルに名前を呼ばれ、ビクゥーッとすくみ上がっていた。

「どうした、雅之。ずいぶんと酷い有り様のようだが」

赤剝けになっている俺を見て、ラファエルは苦笑する。

「あなたの力で治していただけませんか」

「容易《たやす》いことだ」

遥の言葉に、ラファエルは頷《うなず》くと、俺の背にそっと手を触《ふ》れた。

その手の温《ぬく》もりを感じたとたん、体から痛みが消えた。赤剝けになっていた肌は、一瞬《いっしゅん》の内に、元通りになっていた。

「ありがとう、ラファエル」

前にも、この癒しの力のお世話になったことがあるが、改めて凄《すご》いと感心してしまう。

熾天使というのは、天使階級において、最上位に位置するのだと聞かされていたが、天界においてラファエルはいったいどれほどの権力を有しているのだろうか。

「……ところで」

険しい瞳で、ラファエルが俺を見ている。

「えっ？　え？　え？」

俺、何か、ラファエルを怒《おこ》らすような真似《まね》をしてしまったのだろうか？

思わず自分で自分を指させば、ラファエルは緩《ゆる》やかに首を横に振り、

「満足そうだな、黄桜」

と、俺の内にいる黄桜に話しかける。

「気ならば、私がタップリと注いであげるものを、勝手な真似をして。どこで、そんなに沢山の精気を吸収してきたのやら」

不味《まず》いっ、と思った時には遅かった。

遥の険しい眼差《まなざ》しが『俺』を見ている。

「確か、雅之は国坂の別荘《べっそう》に行っていたんだよね」

「……あ……あのぉ…」

「どういうことか説明してもらおうか、雅之」

黄桜がタップリと人間から精気を吸収する為には、唇《くちびる》と唇を合わせなければならないことは、遥も知っている。

黄桜が俺の内にいる以上、唇を合わせるのは、当然俺ということになり、俺が遥以外の誰《だれ》かとキスしてきたことは明白だった。

「……ごめんなさい」

「怒ったりしないから正直に話してごらん。雅之が国坂達に何かされたことくらい、とっくに気付いていたからね」

「……ど……どうしてっ？」

「本当なら、彼《かれ》の別荘に泊まってくるはずだった雅之が、あんな時間に一人で帰ってきたんだ。何かあったと思うのが普通《ふつう》だろう。泊まれなくなった何かがね」

「……あっ！」

伝言の間違いを訂正《ていせい》したとき、遥だけじゃなく小杉や吉村まで、黙り込んでしまった事を思い出し、俺は真っ赤になっていた。

あの時点で、三人には気付かれていたのだ。相手はともかく、出先で俺が何かされたんだってこと。

だから小杉はあんなに深刻そうな顔で、場所を変えて二人でゆっくり話した方がいいなんて、気をつかってくれたのだ。

吉村は遥に、あんまり俺を泣かすな、なんて忠告までしてくれたし。

あの時、彼らが何を想像していたかは、流石《さすが》に想像したくない。

「国坂か檜垣に、あるいはその二人に襲《おそ》われたんだね」

「襲われたというよりは、そのぉ……」

俺＝黄桜が、襲ったというか……、俺が誘《さそ》ったというか……。

その辺の事情を、どう説明すればいいのかわからなくて、しどろもどろに言葉を濁《にご》したが、それでは遥にもラファエルにも納得《なっとく》してもらえなくて、結局、国坂の別荘に招待されてからのことを、順を追って、全部話さなければならなくなっていた。

出来たら誤魔化《ごまか》したい部分もあったけれど、その度入《たびい》る、遥とラファエルの突《つ》っ込みのお陰《かげ》で、手当をしてもらった際に、感じてしまったこととか、はだけたバスローブの隙間《すきま》から股間《こかん》を見られてしまったこととか、寝室《しんしつ》まで抱《だ》きかかえられて運ばれたこととか、その後のことまで、それこそすっかり告白させられたのだ。

「黄桜、お前という奴《やつ》は、相変わらず見境のないっ！」

寝惚《ねぼ》けた黄桜が、自分から国坂の首筋にしがみついたことを知ったラファエルは、怒《いか》りに柳《りゅう》眉《び》を逆だてる。

そして遥は、

「……そう。国坂に手当をしてもらって、感じてしまったと」

何やらやけにクールな眼差しで俺を見つめている。

「遥、私は少々黄桜のしつけ方を間違えていたようだ」

「ラファエル、僕《ぼく》も少々、雅之を甘《あま》やかし過ぎていたようですね」

何やらアヤシゲな二人の会話に、良くない予感がザワザワと……。

「寝惚けて、目の前の男の唇に吸い付くような真似など、二度としないよう、黄桜はキックしつけ直した方がいいだろう」

「僕の忠告も聞かず、怖《こわ》いお兄さんについていく雅之の癖《くせ》も、早急に直した方がいいかもしれませんね。幸い、今回は大事には至りませんでしたが、次回もそうとは限らない。また、誰かに押し倒されたりしないうちに、怖いお兄さんについて、少し学習してもらいましょう」

二人は何やら大きく頷くと、同時に俺達《おれたち》の方を振り返った。

――ゾックン！


「なっ……何を言っても怒らないっていったじゃないかっ」

『目茶《めちゃ》苦茶《くちゃ》腹減《はらへ》ってたんだから、仕方がないだろうっ！』

俺と黄桜は必死に抗議したが、

「怒っているわけじゃないんだよ、雅之に黄桜」

「ただ、お前達を愛《いと》しいと思えばこそだ、黄桜に雅之」

二人はニッコリ微笑《ほほえ》むと、しっかり手と手を握り合った。

次の瞬間《しゅんかん》、ラファエルの姿は消えていた。

たぶん、遥の内へと入ったのだ。

「ま……まさか……」

『……まさか』

良くない予感が的中したとか？

「おいで、雅之、朝までたっぷりかけて、しつけてあげる」

つまり、変則的4（ぴ——）？

「いっ、いやだっ、そんなの冗談《じょうだん》じゃないっ！」

『俺だって、そんなの冗談じゃないっ！　こうなったら、雅之の内から出ていくまでだっ！』

黄桜の叫《さけ》びが聞こえたのか、遥はニッコリ微笑んで、そして言った。

「黄桜、もしも今、雅之の内から出てきたら、ラファエルが君を雅之の前で犯すって言っているけれど、どうする」

『ひぃ——っ！』

黄桜が、掠《かす》れた悲鳴を上げる。

『そんなことされるくらいなら、死んだほうがマシだっ！』

「でも、俺だって、このまま遥とラファエルを相手にするくらいなら、死んだ方がマシだっ！」

「本当に、雅之？　僕に抱かれるのはそんなに嫌《いや》？」

遥の瞳《ひとみ》が悲しそうにけぶる。

「あの……俺、そんなつもりじゃ……」

遥を傷つけるつもりなんてなかったんだ。

遥を拒《こば》むつもりだってない。

ただ、黄桜と快感がシンクロした状態で抱かれることが、恥《は》ずかしくて……怖かった。

「だったら、僕を拒まないで、雅之」

遥の手がそっと俺に差し伸べられる。

その手を取ることが、どういうことかわかっていたけれど、遥にそんなふうに言われたら、

俺には拒むことなんか出来ない。

自分の心がどれほど遥に囚《とら》われているか、遥が自分にとってどれほど大切な存在なのかは、

もうこれ以上ないというほど自覚している。

その遥に求められたら、きっとどんな要求にでも応《こた》えてしまいそうな自分の心も。

……だから。

「いい子だ」

恐る恐る遥の手を取れば、すぐに遥に抱きしめられた。

「もう二度と他の男じゃ、感じられなくなるように、この体をしつけ直してあげる」

その声は、この上もなく優しくて、そして、甘く淫《みだ》らなものだった。

「……遥」

体の奥がズキズキと何かが疼き出す。

これから起こることに、恐怖を感じているはずなのに、それなのにもう……感じてる？

それは俺の感覚なのか、それとも、黄桜の感覚なのか。

すでに覚悟を決めた今となっては、もうどうでもいいことだ。

今は、俺を抱《だ》きしめてくれる遥の温《ぬく》もりだけが確かなもの。

俺は遥のもので、遥は俺のものなんだ。それを確かに感じることが出来るなら、何をされてもかまわない……。

「見せて、雅之の体、全部」

ベッドの上に押し倒された俺の半ズボンに、遥の手が掛かる。

でも、遥に見られるってことは、ラファエルにも見られるってことなのだ。

初めて遥に抱かれた時も、遥の内にはラファエルがいたことを思えば、今更《いまさら》のような気もするが、しかし、それを知っているのと、知らないのとでは、感じ方も違ってくる。

ズルリと下着ごと半ズボンを引き下ろされて、俺は慌《あわ》てて股間《こかん》を覆《おお》い隠《かく》していた。

「どうしたの、雅之。ちゃんと見せてくれなくちゃ、雅之の体を愛せない」

「……駄目《だめ》、駄目だよ。……俺、やっぱり、恥ずかしい」

真っ赤になった俺に、遥は『くすっ』と微笑む。

「そんなところも、たまらなく可愛《かわい》いよ。可愛いから、だから尚更《なおさら》、雅之が恥ずかしがることを沢山《たくさん》したくなる」

「……は……遥……」

「さぁ、その手をどけて、自分から膝《ひざ》を立てて、足を大きく開いてごらん。ちゃんと出来たら、国坂達についていったことを許してあげる」

「……………遥」

「それとも雅之は、国坂達についていったことなんて、少しも悪くないって思ってる？」

「そんなことないっ」

結果として遥達に、いっぱい心配かけてしまったし。

「だったら、出来るね。返事は？」

「………はい」

ギュッと固く目を閉じて、俺は心を決める。

それで遥に許してもらえるのなら……。

「うっ……うぇ……っ」

俺は手をどけ、自分から大きく足を開いた。

見られていることを意識したとたん、恥ずかしさが漏《も》れた。

「すごく可愛いよ、雅之」

遥の手が、俺の膝を抱く。そして、囁《ささや》いた唇は、

「……あっ……」

緩《ゆる》やかに勃《た》ち上がっていた俺《おれ》の性器をスッポリと……。

すぐに絡《から》みついてきた舌が、更《さら》に『俺』を育てるように、淫らに蠢《うごめ》く。

「あっ……あっ、いや……ぁ……」

湧《わ》き上がってくるような快感に、思わず甘《あま》い声が漏れた。

そして、俺の内からは、

『馬鹿《ばか》、馬鹿、雅之！ 何すぐに感じてるんだよ。すこしはこらえろっ！』

黄桜の切羽つまった声がする。

黄桜も、感じているのだ。そして、それを必死に否定している。

でも、俺……、もう、我慢《がまん》出来ない。

遥の舌が動く度《たび》、どうしようもなく、感じてしまう。

「遥……、遥ぁ……っ」

完全に勃起《ぼっき》してしまった性器を唇で上下にしごかれ、そしてチロチロと先端を刺激《しげき》され、

『やっ……やだっ、雅之っ……そんなに……感じたら……』

苦しげに喘《あえ》いでいた黄桜は、ついにこらえ切れなくなったように、

『あっ……あっ、アァ――ッ！』

艶《なま》めかしい悲鳴を上げた。

とたんに押し寄せてくるのは激しい快感。

「やっ……、やだっ、射精《い》っちゃうっ！」

俺の分と、黄桜の分が合わさって、一気に俺は絶頂へと突き上げられた。

「駄目だよ、雅之。こんなに呆気《あっけ》なく射精ってしまったら」

遥の指が、キック俺の性器を縛《いまし》めて、射精を阻《はば》む。

俺自身を愛撫《あいぶ》していた唇は、それっきり、更なる愛撫を与えてはくれなかった。

絶頂をはぐらかされた不快感に、体がガクガク震《ふる》え出す。

『……んなの……こんなの……やだ。さっさと、射精かせろ……よぉ…』

俺の内で黄桜も泣いている。

となると、射精けないもどかしさや、絶頂を欲しがる体の疼きは二倍増し。

「やっ、遥……、や……いやぁ」

羞恥《しゅうち》も忘れ、俺は自分から腰《こし》を突き出し、愛撫をねだっていた。

「もっと……もっと、……し…てぇ…」

普段《ふだん》なら、死んでも言えないような台詞《せりふ》まで、勝手に口からこぼれてくる。

でも、遥は、余裕《よゆう》の笑みを浮かべ、

「何をして欲しいの、雅之。ちゃんと、どこをどうして欲しいのか言ってくれなくてはわからないよ」

と、意地悪な事を言う。

「……遥ぁ」

「さぁ、言ってごらん」

「さ……触《さわ》って。……触って……下さい」

「どこを？」

「遥っ！」

昨日よりも、ずっと、ずっと意地悪な遥に、涙がポロポロ零《こぼ》れてきた。

「泣いてちゃわからない。言わなければ、ずっとこのままだよ」

「……うっ」

促《うなが》すように、ほんのちょっとだけ俺を握っていた遥の指が動く。

その刺激に煽《あお》られた体が、またガクガクと震えた。

でも、遥の愛撫はそれっきり……。

遥は、俺がちゃんと言うまでは、本気でずっとこのままの状態を続けるらしい。でも、そんなの、俺には耐えられない。

「お……チ……ンチ……。……チン……触ってぇ」

泣きながら、俺はその恥《は》ずかしい台詞を口にした。

遥は満足そうに微笑《ほほえ》んで、『いい子、いい子』をするように、俺の性器を二、三度、しごいてくれた。

しかし、

「だったら、四つん這《ば》いだよ、雅之。僕《ぼく》を受け入れてくれる可愛いところも、ちゃんと見せて」

更に淫《みだ》らな要求をされて、瞬間《しゅんかん》理性が芽を吹いたが、それもすぐに体の疼《うず》きに掻《か》き消された。

遥に促されるまま、俺はベッドに俯《うつぶ》せて、そして遥に向かい、お尻《しり》を突き出すようにして這った。

恥ずかしくて……、恥ずかしくてたまらなかったけれど、でも、遥の愛撫が欲しくて、自分では、もうどうしようもないところまで追いつめられていた。

「いい子だ」

遥の手が、俺のお尻を左右に開く。そして……。

「……………あっ」

ピチャンと温かく湿ったものが、俺の一番恥ずかしい部分を抉《こ》じ開ける。

「い……、い……やぁ……っ」

何度されても、それだけは耐えることが出来なくて、俺はシーツにすがりつき、ワァワァ声を上げて泣いた。

俺の内の黄桜も、子供のように泣きじゃくっている。

泣きながら、快感に身悶《みもだ》えている。

「黄桜はね、ここを嘗《な》められるのを一番嫌《いや》がるんだよ。でも、一番感じる。雅之と一緒《いっしょ》だね」

ラファエルに教えられたのか、そう言って遥は更に奥のほうまで舌を……。

「ああっ！」

駆《か》け抜《ぬ》けた快感に俺は大きくのけ反《ぞ》った。

舌で犯されているところから、体がトロトロに溶《と》けてしまいそう。

本当は、こんな恥ずかしいことをされるのは嫌なのに……、でも、感じてしまう。

「……遥、……遥ぁ……っ！」

性器を縛めている指を解いて欲しくて……、このまま絶頂へと導いて欲しくて、俺は夢中で遥の名を呼ぶ。

「まだだ。まだだよ、雅之」

体の内までタップリと濡《ぬ》らされたその後は、抜かれた舌の代わりに、遥の長くしなやかな指が潜《もぐ》りこんできた。

「んっ……、あっ……ああっ！」

舌よりも、ずっと奥深くまで犯され、何度も何度も抜き差しされる。

そして、

「黄桜の大好きなものを、ラファエルがくれるそうだよ」

更に深々と指を押し込まれたそのとたん、神経という神経、全《すべ》てを犯されているような、衝《しょう》撃《げき》が、体を貫いた。

『いやぁ――――っ！』

黄桜が絶叫《ぜっきょう》する。

快感というには、あまりに激しすぎる衝撃に、体は痙攣《けいれん》したように震え、俺《おれ》は何が起きたのかわからないまま、遥の手の中で、失禁していた。

シーツを濡らしていく生暖かいものが、自分の漏《も》らしたものだと気付いたとたん、俺はあまりの恥ずかしさと情けなさに、声を上げて泣いていた。

「ラファエルの霊気《れいき》は、雅之には辛《つら》すぎたようだね」

体の内から、ズルリと遥の指が抜け出たとたん、ガクガクと腰が崩《くず》れた。

「可愛《かわい》いよ、雅之。本当の赤ちゃんみたいだ」

遥に抱《だ》き上げられた俺は、清潔な隣《となり》のベッドへと下ろされた。

「黄桜は気を失ったみたいだから、もう、雅之一人だね」

遥は、衣服を脱ぎ捨てると、俺の両足を広げ、膝《ひざ》を抱《かか》え込む。

「今度は『雅之』が、『僕』を感じる番だ」

舌と指で溶かされた部分に、遥の情熱が押し当てられる。

「……………愛している。愛してる、雅之」

切なげな囁《ささや》きとともに遥の熱い塊《かたまり》が俺の内へと。

「あっ……うあっ、アァ――――ッ！」

もう、黄桜と感覚はシンクロしていないはずなのに、恐《おそ》ろしいばかりの快感が、体の中を貫いて、俺をメチャクチャにする。

縛《いまし》めを解かれた性器は、限界までに膨《ふく》れ上がり、

「遥っ、遥ぁ………っ！」

俺は夢中で遥にすがりつき、

「……………助けてぇ……、体……………熱い……よぉ」

「雅之の体が、やっと僕を感じられるくらいまでに開花したんだね。大事に大事に育てて、もっと綺麗《きれい》に咲《さ》かせてあげる」

遥のリズムが早くなる。

貫かれる度《たび》、俺は嬌声《きょうせい》を放ち、快感に喘《あえ》ぎ、そして泣く。

「……い……くっ、も……射精《い》っちゃう…っ」

絶頂の波が、もうそこに来ていた。

「いいよ、射精っていいよ。雅之の内に、僕を感じて」

ズンと大きく貫かれたとたん、頭の中が真っ白になり、俺は絶頂の徴《しるし》を吹き上げた。

しだいに遠くなる意識の中で、俺は、遥の確かな脈動を感じていた。

――愛している、雅之。

――愛している、遥。

互いに睦言《むつごと》を繰り返したのは、夢の中でのことだったのだろうか……。

□□□

「……う……ん……」

目覚めた俺は、自分が素《す》っ裸《ぱだか》で遥の腕《うで》に抱かれて眠っていたことに気付いてギョッとなった。

「なっ……なっ……なっ」

そういえば、俺と黄桜は、遥とラファエルに……。

思い出した昨夜の記憶《きおく》に、慌《あわ》てて飛び起きたら、いきなりキスマークだらけの自分の裸が目に飛び込んできて、また慌ててシーツの中に潜り込むことに。

「お早う、雅之」

もう、とっくに起きていたのか、遥は真っ赤になってる俺を見て、クスクス笑っている。

「よく眠れたかい」

「う……うん、それはもう…」

チラリと隣のベッドに目をやれば、

「大丈夫、ラファエルが、みんな元通りにしてくれたから。もちろん国坂の記憶からも、この海で雅之と出会ったことは消えているはずだよ」

「……よ……よかった」

思わず、ホッと安堵《あんど》の溜《た》め息《いき》が漏れる。

国坂のことはともかく、この歳《とし》になってまで、シーツを濡らしてしまったことは、死んでも誰《だれ》にも知られたくはなかったから。

「ラファエルは？」

「もう、翔《い》ってしまったよ。もちろん、黄桜も一緒《いっしょ》にね」

「………あ」

もう、俺の内には、黄桜はいないのかと思ったら、一抹《いちまつ》の寂《さび》しさが。

「雅之には、僕がいるだろう」

遥の腕が伸びてきて、チュッとキスを。

「それに、どうせまたすぐに出会える予感がするし」

「言われてみれば」

俺達は、互いの顔をみつめ、次の瞬間《しゅんかん》、ぷぅ～と吹き出していた。

あとがき

こんにちは、斑鳩《いかるが》サハラです。

『悪魔さんのしつけ方』は、いかがでしたか。

悪魔さんシリーズも、いつの間にか七冊目。

にもかかわらず、毎回泣かされてばかりの雅之が（注・可愛《かわい》がられ過ぎてばかりとも言う）不憫《ふびん》で、今回は、思いっきり遥に可愛がられる雅之という話を書いてみました……って、結局、いつもと一緒かいっっっ（笑）。

楽しく読んでいただけたら嬉《うれ》しいです。

今回も素敵なイラストを付けてくださいました中川勝海先生、お忙しいところ、本当に本当にありがとうございました。

中川先生の描いてくださるコミックバージョンの吉村君がとっても格好良くて、いっそこのまま吉村君に雅之を上げてしまおうかと、不埒《ふらち》なことを考えてしまった私をお許しくださいませ（笑）。

ではでは、皆様、次回は天界バージョンで（ぺこり）。

斑鳩サハラ拝

KADOKAWA RUBY BUNKO

悪魔さんにお願い♡7
悪魔《あくま》さんのしつけ方《かた》
斑鳩《いかるが》サハラ

角川ルビー文庫 R41-7　　11443

平成12年4月1日　初版発行

発行者——角川歴彦
発行所——株式会社角川書店
東京都千代田区富士見2-13-3
電話/編集部(03)3238-8697
営業部(03)3238-8521
〒102-8177 振替00130-9-195208
印刷所——旭印刷　製本所——コオトブックライン
装幀者——鈴木洋介

ISBN4-04-436509-1　C0193　定価はカバーに明記してあります。

KADOKAWA RUBY BUNKO

角川ルビー文庫

いつも「ルビー文庫」を
ご愛読いただきありがとうございます。
今回の作品はいかがでしたか？
ぜひ、ご感想をお寄せください。

〈ファンレターのあて先〉

〒102-8177 東京都千代田区富士見2-13-3
角川書店 アニメ・コミック編集部気付
「斑鳩サハラ先生」係